淘寶黃金手

第二輯 卷四 百年神秘

羅曉 著

目錄

淘寶黃金手 第二輯

第五十六章

無名小卒

這時，劉風鈴站在臺上，
眾人的目光都落在臺上，卻不是在她身上，而是在周宣身上，
這讓劉風鈴嫉妒不已，本以為她才是今晚最耀眼的，
卻沒想到給這麼個忽然冒出來的無名小卒破壞掉了。

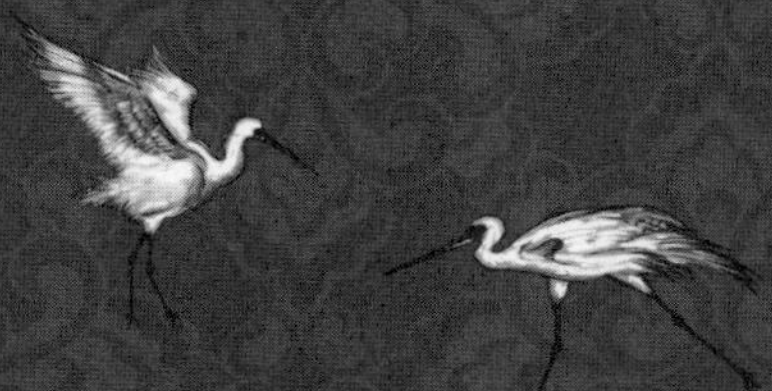

玉祥在臺下驚詫不已，不過，他可不是一個簡單的人，心機又深又黑，腦子一轉，不去想老子玉長河是哪種心思，只想著他自己，要是把這個胡雲弄到自己手中，那不就等於得到了一張王牌？不用提跟老大和姐夫趙成光鬥法的事，就是為了他自己賺錢，生意興旺，那也是一件不可多得的好事，一個重大機遇啊。

這個胡雲，當真是個寶，不僅能模仿那麼多明星歌手，最重要的是，他還能模仿女歌手，可以想像到，如果自己能把胡雲收到手中，那麼他敢肯定，他手下的幾間酒店夜總會、酒吧和餐飲店的生意，一定會火爆得一塌糊塗。

他可以安排這個胡雲到他的每間店中演出，這比什麼廣告都好，而且廣告還要花很多錢，而胡雲這個人，唱歌卻不用花廣告費，只會幫他賺錢。

玉祥想到這裏，當即就想著要帶周宣到樓上的包廂中去細談，這時候，大廳中的人已經沸騰起來，無數人叫嚷著。

「我出一萬一首，給我來個鄧麗君的情歌大聯唱……」

「我要聽……」

玉祥雙眼放光，看到這些激動的人群，似乎看到了無數的鈔票在向他滾滾而來，又似乎見到老頭子玉長河把全副家業都親手交到了他手中。

玉祥想了想，讓手下給主持人悄悄吩咐下去，讓周宣下臺來，他要私下交談。

主持人當然明白，這樣的一個寶，誰見到都會想抓到自己手中，這樣的人才，等於是直接跟金錢掛鉤了的。

主持人當即把周宣拉到一邊，偷偷把話說了，人聲鼎沸，自然也不會有人聽到他在臺上對周宣說什麼。

而這時，劉風鈴同樣站在臺上，眾人的目光同樣都落在臺上，卻不是在她身上，而是在周宣身上，這讓劉風鈴嫉妒不已，本以爲她才是今晚最耀眼的，卻沒想到給這麼個忽然冒出來的無名小卒破壞掉了。

劉風鈴這時就是想再引起眾人的關注，也沒有絲毫的辦法了，或許她把衣服脫光了可能還有一些效果，但這樣的話，她的名聲就跟那些跳脫衣舞的女子沒半分區別了。

劉風鈴當然丟不下這個架子和這個面子。

周宣聽到主持人悄悄跟他說的話，然後瞧了瞧玉祥，福貴以爲周宣在看他，當即嘿嘿著招手，叫道：「兄弟，這裏這裏。」

周宣正要走下臺，卻見臺下迅速地走出來一個女孩子，伸手拉起周宣就往臺下走，人群就亂了起來。

在前面的幾個人就叫嚷了起來。

「幹什麼？懂不懂規矩啊？」

「喂，你想把人拉走，那也得問我們的錢答不答應啊……」

那個拉著周宣就往臺下奔的女孩子，當即橫橫地說道：

「我拉我的人，關你們什麼事！」

叫嚷的人立即怔了怔，看到那女孩子的橫樣，還以為她是周宣的女朋友。再說，這個人好像並不是這裏的歌手，並不受老闆的管束，所以他們也沒有辦法。

福貴也呆了起來，因為這個女孩子他認識，就是玉家的二小姐玉琪，玉家兄妹中最小的一個，這個人他可不敢得罪。

只是福貴也有些搞不清楚，玉二小姐是怎麼認識胡雲的？照理，胡雲是不會認識她的啊，才剛到他們船上兩天。雖說他住進了玉家別墅，但與玉二小姐應該也沒有相處的機會啊？

另一邊，玉祥也呆了呆，他也沒料到他妹妹突然從哪裡蹦出來，壞了他的事。她要把胡雲要帶到哪兒去？

周宣自然不會不認識她，這個短髮有點像男孩子的玉二小姐，自己跟她也只是一面之緣。在她家裏的時候，玉二小姐是個極為驕傲的富家千金，自己並不喜歡跟她這樣的女孩子打交道，當然，來夜總會唱歌，這也不是自己的本意。

一想到這裡，周宣頓時大喊不妙。別是因爲喝了一點酒，自己就頭腦發熱了吧，自己來到這遙遠的東海邊，本來就是爲了躲避家裏人的追尋，可自己居然頭腦發熱，在夜總會中大出風頭，這要是傳出去，自己還躲什麼躲？

這一下，把周宣的冷汗也驚了出來，趕緊把手一掙，掙脫了玉二小姐的手，然後向福貴一招手，叫道：「福貴哥，這邊！」

福貴當即起身，興奮地往周宣那兒擠過去。周宣更不多話，彎腰低頭就在人群中往外擠，擠到人群中時，後面的人已經不知道是他了，大廳中燈光又不強，昏昏暗暗的，人又多又吵又亂，哪裡還有人認得出是他了？

好不容易才擠出了大廳，在大廳與營業前臺的長長走道中，周宣呼呼地喘了幾口氣。福貴已經擠出來跟了過去，叫道：「兄弟，你怎麼跑出來了？害得我一陣好擠，還有……」說著，他向周宣訕訕地笑道：「兄弟，玉二少給介紹的兩個妞還真不錯，要不要回頭叫出來？」

福貴明白玉祥是讓這兩個女子來拉攏周宣的，他只不過是沾了周宣的光而已，要是現在走掉，那就是過了這個村就沒有那個店了，時機一去不會回的。

周宣搖搖頭道：「福貴哥，還是回去吧，如果你要叫的話，那我就先回去了，有點累，想回去睡一覺。」

福貴大失所望，要是周宣走掉了，那玉祥又哪裡會讓他白上阿紫？換了在以前，玉二少又何曾對他這麼客氣過？他從來都沒有把他正眼瞧在眼裏過。

周宣見福貴臉上儘是失望的表情，想再勸說一下，但聽到後面腳步聲響，回頭一看，又嚇了一跳。原來玉二小姐也急急地跟了出來。

周宣對這個玉二小姐著實不想親近，趕緊就要溜走。

玉琪當即叫道：「站住！」

周宣頭也不回地說道：「對不起，我肚子痛，要方便！」說著就對福貴眨了眨眼，遞了個眼色，拔腿就往外飛跑。

玉琪又好氣又好笑地在後邊追著，這個人真無恥，連屎尿都能當擋箭牌使出來，而且在女孩子面前一點都不注意文雅，傻子都知道他是在撒謊。又十分氣憤，她堂堂一個玉家二小姐，竟然連她們家的一個小工人都管不了，這個面子可丟到家了。

玉琪惱怒的是，她不是要追求他，只是看到他的表演太令人驚奇，見到後想弄個清楚，但周宣卻不領她的情。

周宣和福貴撒腿就往外跑，在夜總會大門外停下來，玉琪在後面早給甩沒了，到底是個女孩子，雖然性格像個男人，但體力卻遠不及男人。

天色早已經黑盡了，到處都是霓虹燈閃爍，周宣不等福貴再說話，趕緊伸手攔計程車，不過這時候似乎是交接班和計程車司機抽空吃飯的時間，所以攔了半天，也沒攔到一輛空車。

福貴瞧了瞧周宣，又勸道：

「兄弟，我們不跟玉二少客氣，但那兩個妞跟我們可沒有過節吧……」周宣又好氣又好笑，這個福貴，一見到女人就拖不動腳步了，遲早得在女人身上吃大虧。

周宣可不想再跟玉祥談話了，那個人他從心底裏就不喜歡，還是趕緊攔到車回去。不過，就在周宣等車的時候，一輛紅色的保時捷戛地一聲停在了他們兩人的身邊，周宣眼一瞄，跑車裏坐著的，竟然正是那玉二小姐。

「看什麼看？還不上車？」玉琪一瞪眼，哼了哼說著，「不是要回去嗎？我也要回去。」

她也要回去，看來這個順風車倒是不得不坐了。

周宣瞧了瞧她的車，嘿嘿笑道：

「算了，我跟福貴哥還是攔計程車吧，你這車我們兩個坐不下。」

玉琪哼哼著說道：「誰說坐不了？你坐我旁邊，福貴坐後面不就得了？」說著，指了指座位後面的中間位置，那還有一個小半形的座位，說是座位有些過分了，就是一個放東西的地方而已。

周宣瞧了瞧福貴，福貴訕訕地不好意思，看玉二小姐的表情也不像是開玩笑，要是不依她，說不定她還要鬧出什麼事來，只得規規矩矩老實地爬到車後面，在那一丁點的空間中坐下了來。

玉琪身邊的副駕座自然是留給周宣的。周宣想了想，打開了車門。還沒有等到計程車，在街上也不知道要等到什麼時候。

周宣的異能運出，馬上又探測到後面的巷道中，玉祥也急急追了出來。周宣當即一聲不響地坐上了玉琪的車，說道：

「好，就坐一下玉小姐的便車吧。」

玉琪哼了哼，這時還不是跟他們算賬的時候，先回去再說，當即悶聲不響地發動了車。等到玉祥追出來後，玉琪的車子已經離夜總會大樓處兩三百米之遠了。

玉祥氣急敗壞地向停車場處的泊車小弟大叫道：

「把我的車開過來。」

玉祥一向霸道又深沉，不管他拉不拉得攏，還沒有一個人敢當面這樣對他無禮。周宣可以說是完全不將他瞧在眼裏，說走就走，哪裡當他是玉家的二公子二少爺。

泊車小弟把玉祥的車子開過來，是輛最新款的凱迪拉克。玉祥隨即急急地把泊車小弟趕下車，自己上車，開足馬力就追。

玉琪並不知道她二哥在追趕她，車速也不快。沒多久，玉祥的車就追到了她後邊，距離差不多百來米的樣子。

周宣把異能凝成束後，能運到兩百米，他的異能是可以在這個距離中使用的，想了想，當即運起異能，把玉祥車裏的引擎轉化吞噬了一丁點。

凱迪拉克的聲音立即變了，像個老頭子喘起來一般，上氣不接下氣的。

玉祥趕緊把車停下來，如果不停的話，以他開車的速度，是會出大事的。不管他是如何的囂張，自己的性命還是很寶貴的，所以，他一邊把車子減速，一邊靠邊慢慢停下來，直到完全停穩後，才檢查了一下車。

這是新車，剛開沒多久，性能很好，怎麼就會在這麼關鍵的時候出問題呢？這個當然是周宣弄的。不過他只轉化吞噬了一點，玉祥也檢查不出來，再點火發動時，凱迪拉克卻是一動也不動了，連老頭子一般的咳聲都沒有了。

玉祥氣惱之極，猛然一拍方向盤，惱怒地罵了幾聲。

玉琪一邊開車，一邊裝作漫不經心地觀察著周宣。她對這個人的看法，這個時候已是大爲改觀了，下午的時候，她還覺得他只是玉家請的一個小工而已，哪裡需要她的這般表現？

不過，周宣根本沒怎麼理睬她，舉止不像一般人，要是換了別的人，隨便從她們玉家的生意中找出一個人來，也會把她捧著奉承著，而周宣卻完全不同，那份沉穩太讓她詫異了。

周宣這時人清醒了不少，有些後悔起今晚的荒唐來。好在這裏離京城太遠，而他又是一個名不見經傳的小人物，事情來得突然，只要他以後不再做出這樣的舉動，想必還是沒有大事。

在福壽村村口處，玉琪把車停了下來，然後對福貴淡淡道：

「福貴，你還要跟到我家裏去？」

福貴「哦」的一聲，不情不願地下了車後，又對周宣說道：

「兄弟，要出來玩就給我電話，今天晚了就算了，明天早一點吧，我帶你出去轉一轉，吃點有特色的。」

周宣笑笑回答道：「福貴哥，我很累，以後再說吧，明天想在家裏睡一天，把精神養足。」

對福貴的念頭，周宣可是很清楚，這個傢伙準是要帶他到那些低俗的場所中尋歡作樂，自己怎麼也得找藉口推脫掉。現在錢也到手上了，不需要再叫福貴幫他開銀行帳戶或者銀行卡了。

福貴的話還沒說完，玉琪就把車發動了起來，急急開動著奔馳而去。

好在玉琪並沒有往另外的方向去，而是往她自己家裏的方向開回去。在大樓前的停車處把車停下來，然後坐在車裏，偏頭瞧著周宣。

周宣也不跟她說話，把車門打開，自行下車進樓。

「真是個沒禮貌沒教養的人。」

看到這一點，玉琪當即對周宣的看法又改變了，這個人顯然是個沒底蘊沒教養的傢伙，只不過會唱歌吧。

說實話，周宣唱歌的本事的確讓玉琪很詫異，不過現在看來，她的這個念頭倒是減弱了，從平時的行動就能看得出一個人所受的教育程度和自身修養。

玉琪坐在車裏沒動，一直看著周宣下車，從樓梯上樓，心裏嘀咕著，自己剛剛的表現很冒失，從夜總會大廳中拖著這個胡雲的動作，想必二哥看了會很生氣吧。

正自尋思著，又被一陣急速的車聲驚醒過來。

原來是二哥玉祥開了一輛普通的小豐田急急追回來了，下車就向玉琪問道：

「玉琪，那個胡雲呢？」

玉琪哼了哼，沒好氣地道：

「怎麼，我是給你看人的？要找人，自己找去吧。」

玉琪平時就很恨二哥玉祥的搞頭，這時更是不理睬。玉祥也無可奈何，若是換了別人，他就把狠毒的念頭在腦子裏轉好幾遍了——得罪了他，就跟得罪了閻王爺一樣，沒有好日子可過的。

玉琪是玉家唯一一個沒有結過婚的人，最小，又深得兩位老人家和玉長河的疼愛，本身又聰明，在英國留學又拿到了博士學位。在玉家，她可是學歷最高的，因此也最得老人家們賞識。

這當然歸功於玉琪是個女孩子了。她對玉家兄弟不會有太大而直接的威脅，所以玉長河對玉琪才會另眼相待，而玉琪又比兩個哥哥和一個姐姐對他們更孝順，不像玉瑞、玉祥和趙成光那麼有心機。

玉祥不再跟妹妹多說，這個妹妹的脾氣他是惹不起的，她最得家裏人的袒護，而且也沒有在公司裏做事，雖然從國外留學歸來，但目前看起來，她是對他最沒有威脅的一個人。

在四兄妹中，老大玉瑞的威脅是最大的，其次才是姐夫趙成光。但對趙成光，玉祥的擔心就小得多了，父親明顯把他排斥在玉家的權力圈之外，看來就是不信任他，這個是玉祥早就得出了的結論，所以平時就算看到趙成光時，也沒多少恭敬。

玉祥下了車，直接往樓上跑去。玉琪怔了怔，心想：二哥對這個胡雲很有興趣啊，還追到家裏來了，於是也趕緊下了車往樓上去，想看看二哥到底要幹什麼。

周宣在五樓房間中正坐著，異能探測到玉祥和玉琪兩兄妹都上了樓，不禁直是皺眉。這都是他自己惹出來的事，要不是自己在夜總會興奮地露了一手唱歌的本事，又哪裡會搞出現在這些麻煩？

想了想，周宣從房間裏出來，到了廳中坐下來。玉祥跑上樓後，見到周宣，嘿嘿笑了笑，在他對面的沙發上也坐了下來。

「小胡，怎麼這麼急著要回來？我看你在夜總會中正大放光彩嘛。」

玉祥皮笑肉不笑地說著，儘管他很想把周宣挖到手，但一向不吃虧只佔便宜的心理，讓他還是和善地問著話。反正現在人也已經在他家裏了，不可能出得去，有什麼話就可以慢慢套了，急什麼呢，也許這個胡雲很容易就搞定了。

周宣淡淡道：「因為累了，再說，也不習慣夜生活。」

玉祥一怔，不習慣夜生活？是說假話，還是故弄玄虛？現在的人，有哪個不喜歡夜生活的？金錢、權力、美女，對玉祥來說，就是他的全部。

「呵呵，看來小胡還是個正人君子啊，呵呵……」玉祥說著，話鋒一轉，再露了一絲口風，「小胡，聽說你現在就在我們家的船上工作，船上辛苦又寂寞，有沒有想要換個工作？」

「不想，我很喜歡現在的工作。」周宣當即一口拒絕。

對玉祥的意思，他甚至都不想去弄清楚。不管他是什麼意思，自己都不想到他的地方去做事。

今天晚上已經做了危險的事了，以後還得特別注意，別再幹同樣的事了，老老實實在船上做事，少在外面出風頭，出海回來後，最好是待在家裏，哪裡也不要去。

玉祥給噎了一下，心裏極不舒服，要是換了另一個人，他當即就會發火拍桌子讓他滾蛋了，不過，現在這個胡雲卻不是他說讓滾就能滾的。這可是老頭子定下來的人，只是不知道還用了什麼條件，只要能挖到，還是先弄到自己店裏再說。

本來，玉祥只是不想讓姐夫趙成光好過。他找到的人才，自己能挖走就挖走，不能挖走就搞破壞，要是能挖到，就隨便安插在自己的公司裏。不過，今天晚上，周宣在他的夜總會中的表現太驚人了，讓他馬上意識到，這個胡雲還真是一個寶，不知道他在船上有什麼本事，但就憑唱歌這一項，就可以讓他旗下的公司更上一層樓。

不過，這個胡雲恐怕不是那麼好挖的，大概是想討價還價吧。

「呵呵，小胡，別說得那麼快，也不要說得那麼絕對嘛。這個社會，有誰不想過得好，又有誰會跟錢過不去呢？」玉祥呵呵笑著，然後又說道，「這樣吧，我先給你講一下我們店裏那些駐店歌手的價碼。在濱海市，甚至可以說整個東海省吧，我們玉家的幾家娛樂場所，規模都是最大的，相對來說，在我們店裏走唱的歌手，報酬也比其他的地方要高得多。」

玉祥說著，又瞧著周宣的表情。周宣的表情裏沒有半點反應，他也只能繼續說著：

「在這個行業中，夜總會和酒吧的歌手分幾個級別，駐店的普通歌手，這一類通常不出名，但有幾分唱功，沒有人的時候撐場面打底子，這些歌手通常是一晚兩百到八百的薪酬，唱歌不計數量，而是按日上班，這一類是最低檔的。

第二類呢，就是所謂的過氣影視歌星，以前有點名氣，但最近過氣了，不紅了，到店裏來找些錢賺。像這樣的歌手，我們一般是按客人點歌的數量和金額來提成。如果他們受歡迎，點歌的客人多，收入也就多；如果客人點得少，很冷淡，那收入也少。有時候，這些人的收入甚至比駐店的歌手還少。不過，大多數過氣明星在店裏還是有不錯的收入的，一晚拿到幾千甚至過萬都不是難事。」

玉祥說這一類歌手收入的時候，其實還是誇大了些。影視界的過氣明星，一晚收入過萬的很少，日入兩三千是比較正常的。一首歌的點歌費用提成是百分之十，一般的歌手，客人點歌都是兩三千，不受歡迎的幾百，甚至沒人點，上五千的就極少，過萬的稀有。

而今晚，周宣遇到的情況實屬百年難遇的事。玉祥只不過是借著今晚的情況來吸引周宣，讓他以爲每天都是這麼狂熱的氣氛，隨便什麼人點歌都是幾千過萬的。

不過，周宣絲毫不爲所動，只是淡淡聽著玉祥的演說。

「而最好的，收入最高的一類，就是時下很熱很火的明星。通過關係，我們也會不定時的請一個來。像這樣的明星當然收費很高，一般是到場最多唱一首歌就走，而這一首歌的價值就是幾十萬以上，具體價格就得看這個咖的分量了。」

像請這樣有名氣的明星，一年之中也就只有那麼兩三次，還是搞活動的時候，或者是過節日的時候。

明星到場的時間雖然很短，但玉祥的公司早在之前一兩個月中就會大打廣告。到了那一天，到場看明星的客人個個是金主，都捨得花錢，一晚上的消費就是成千上萬的，過千的客人收入極為龐大，這才是經營的根本。

玉祥說了這半天，然後又對周宣說道：

「小胡啊，以你唱歌的本事，我敢給你保證，絕對能大紅大紫，要是你願意，我跟你說吧，一晚上賺個兩三千，稀鬆尋常！」

周宣淡淡一笑，微微搖頭，說道：「玉總，實在不好意思，我真的不想換工作，你還是回去吧。」

玉祥說一晚能賺兩三千，是想先試探一下周宣的反應，看他滿不滿意這個價位，不滿意再換，滿意就好說了。

沒想到，周宣還是毫不為所動地一口回絕了。

玉祥咬了咬牙，然後說道：「小胡，你要是擔心，那我給你固定的，一個月十萬固定薪酬，怎麼樣？」

周宣笑了笑，淡淡道：「玉總，其實我並不是爲了錢，我想你還不知道你父親給我開了多少工資吧，我告訴你，他給我的報酬是年薪一百萬。」

「一百萬？」玉祥頓時傻眼了，驚得目瞪口呆。

第五十七章

老謀深算

玉祥和玉琪這才明白，
原來胡雲是因為這個原因才被老頭子青睞的，
老頭子的老謀深算是出了名的，
如果收成不好，其實就只是給他今年的一百萬而已，
明年就把他炒掉或者降薪了，玉家其實一點虧都沒吃。

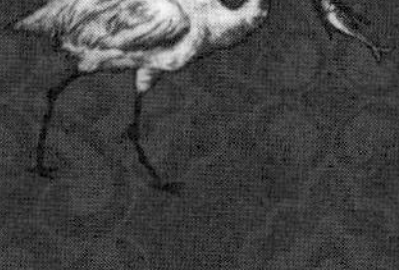

因為夜總會的生意不是每天都一樣，有好有壞，一般一個過得去的駐店歌手，好的時候一晚能掙上千塊，差的時候也許一分都沒有。

做工的人也一樣，天晴的時候可以做多一點，下雨的時候就得休息了。玉祥說給周宣固定薪酬，其實是個陷阱，不跟他簽約，生意好，幫他掙得多，那還好說，可以多給一點，要是賺得少，他立馬就翻臉趕人，到了那個時候，周宣即使想回趙成光那兒，人家也不會要他了。

一個隨時可以因為錢而背叛的人，有什麼信用可講？今天背叛你，即使你把他高薪再挖回來，以後只要有更高的價錢，他還會背叛的。

其實不管哪一行，老闆最痛恨的就是不忠，你能力再強，為人不行，到頭來最終也只會落到個孤家寡人。

玉祥這一手可害了不少人，福貴就知道不少，不過今天一直沒機會向周宣囑咐一下，那個玉祥緊盯著，後來又被周宣唱歌的事搞得熱血沸騰，結果什麼事都給忘了。

玉祥瞧著周宣淡淡的表情，腦子裏糊塗了一陣，然後又想起了什麼事，忽然問道：

「不可能吧？小胡，我們玉家給船員的薪水已經算是數一數二的了，要超過我們家的很少，整個東海岸都難找出來，而且，就算是我二叔，他的薪水年收入也只有二十萬啊，怎麼可能你一個工人能給到一百萬？」

周宣淡淡道：「按照玉二叔和趙經理給我的條件，另外還有提成的。按照提成的內容，我的年收入應該在五百萬以上。所以，我勸你還是別說了。」

周宣這一席話，才真是把玉祥嚇到了。

一年五百萬以上，就算是他們玉家幾個大專案中的高層管理，也沒有這個數，更何況一條船上的工人？

這著實不能讓人相信。但玉祥看著周宣漫不經心又極爲淡然的表情，似乎又不像是在說假話。玉祥雖然不相信，但也只好先探聽清楚了再說。現在看來，他是很難打動周宣了。

「我看你唱歌的功底很不錯，我能包你紅，也能包你賺錢，就算你不願意跟我簽約，做專職的駐店歌手，也可以到我那找找外快啊？」

玉祥不再說高薪請他的事，既然周宣已經說出了那麼高的薪水標準，那他也不可能出得更高，只能先看看情況，摸清底細再說。

周宣當然不是爲了錢，他只是想把玉祥的試探打退，才故意把條件說到極高點，讓他不可能答應這樣的條件。

可以說是第一次就在周宣面前吃了個癟，玉祥有些不甘心，但一時也沒有其他的辦法。

周宣淡淡笑道：「很不好意思啊，玉總，我只想到船上工作。唱歌我是沒半點興趣，對不起，我覺得很累了……」

玉祥臉色一紅，極是尷尬，沒想到他也會被人趕，再想一想，這不是他的家嗎，這個胡雲，憑什麼在他家裏還這麼囂張？

玉祥站起身來，在這個起身的過程中，一顆怒氣勃發的心就已經消退了。

周宣把一切都看在眼裏，不禁瞇起了眼，這個玉祥真是心機深沉啊，明明對他怒火熊熊，卻偏偏又強行忍下去了，周宣對這種人見得多了，沒一個好東西。

玉祥面色漸轉平常，最後居然微笑起來，說道：「那好，你休息吧！」

等到玉祥的腳步聲在樓梯上漸漸遠去後，周宣偏了偏頭，說道：「玉二小姐，你又有什麼問題？」

周宣其實是一直用異能探測著的，玉琪就在隔壁的門口處躲著，因爲周宣房間的門沒有關，他跟玉祥的談話被她全部都聽了去，直到玉祥走後，她才出了點聲。

玉琪怔了怔，走進房中問道：「你怎麼知道我在隔壁？」

又回憶了一下，自己應該沒有在門口露過面，他怎麼知道自己來了？

周宣知道她心裏疑惑，便說道：

「你不用想了，剛剛你上來的時候，我就聽到響聲了。我耳朵很靈的，很輕我也能聽到。再說，除了你，這個樓上還有誰會來？」

玉琪一想也是，家裏的人，平時沒有人會上來，只有她時不時會跑到五樓或者頂樓上欣賞一下風景。

「哦，原來是這樣，不過我想問你一下……」玉琪盯著周宣奇怪地問道：「我爸真給你一百萬的年薪加提成了？是船上的工作嗎？」

周宣淡淡道：「我也不清楚，不過趙經理和玉二叔是這樣跟我說的，到底給多少，我也不清楚。其實我也沒有特別大的要求，只要能吃飽、有地方睡覺就可以了。」

玉琪愣了一下，隨即撲哧一笑道：「去你的，騙誰啊？」

停了停，玉琪又問道：「你叫胡雲是吧？」笑了笑忽然又補道：「這是你的真名嗎？感覺很假。」

周宣一驚，瞧著玉琪，見她漫不經心的樣子，嘿嘿一笑，沒有回答她。

玉琪又道：「嘿嘿，我說笑的，不過我倒是很奇怪，你歌唱得那麼好，爲什麼不跟我二哥合作？以你這樣的唱歌水準，要紅起來並不難。我估計啊，你要是去參加現在那些什麼超級星光大道選秀節目什麼的，拿個獎輕而易舉。」

不過，玉琪馬上又搖搖頭道：「當然，那只是以實力而論，現在的這些活動其實都是作秀，黑幕太重，沒有後臺，不按潛規則來，是不可能拿得到獎的。」

周宣怔了怔，沒想到這個年輕的玉二小姐竟然還有這份見識，倒不是單純的飯桶富二代，跟那些一出口就是我爸爸是某某某，我家有多少多少錢的公子少爺、千金小姐遠爲不同。

說起來，這個玉二小姐並不算是一個美女，樣子外型都還有些男孩子化。周宣怔怔看了看她後，隨即又道：「我不喜歡那樣的場合，只喜歡安靜人少的環境，船上最適合，所以剛剛我對你二哥並不是有什麼成見，只是純粹不喜歡那樣的工作。」

玉琪嘿嘿一笑，說道：「你不用跟我解釋，我只是覺得你太奇怪了，越想越覺得莫測高深，你去不去我二哥那裏工作，我並不擔心，不過我想，你既然不喜歡熱鬧的工作環境，又能放棄能出名的機會，一般人可做不到，你是不是受過什麼打擊？」

周宣眉頭一皺，看來，他必須與這個玉二小姐保持相當的距離了，對這麼窮追猛攻的女孩子，他一向不喜歡，而玉二小姐太敏感太聰明了，什麼事都是舉一反三，抓到一丁點破綻都能聯想到一大片，而猜到的又偏偏與事實相差不大。

周宣不喜歡有這樣的人在身邊，想了想，隨即又道：

「玉二小姐，很抱歉，我不想回答你的問題，我累了，要休息了。」

玉琪哼了哼，盯著周宣好半晌才道：「你趕我走嗎？不怕我到我爸那兒去說你的秘密？讓你丟了工作？」

周宣淡淡道：「隨你便。」想了想後又說道：「好像你們船上的工作並不是什麼保密機關吧？我又不是來臥底獲取情報的，隨你的便了，我無所謂的。」

玉琪呆了呆，隨即又笑了起來，說道：「你沒那麼容易生氣吧，我隨便開個玩笑呢。」

玉琪也明白，她家的船又不是什麼豪華遊輪，這個胡雲只是一個小工，憑技術能力吃飯，沒什麼好怕的，此處不留他，自有留他處，整個東海有多少漁船？

所以，玉琪馬上轉了口氣，笑笑又道：「那你休息吧，我下去了。」

又瞧了瞧周宣，這才轉身出門下樓。

周宣探測到，玉琪慢慢往樓下走，一邊走一邊尋思著，雖然不知道她在想什麼，但肯定是想自己背後有些什麼秘密的事。

周宣皺了皺眉頭，然後起身把房間門緊緊關上又反鎖了，到浴室裏準備洗個澡睡覺。

浴室裏的設備同樣豪華，淋浴處不是噴水蓬頭，而是一個圓形的大浴缸。周宣把熱水開關打開，然後又灑了些沐浴露，熱水漸漸增多的同時，沐浴露起了雪白的泡沫。

等到水放夠了，周宣才脫了衣服躺進浴缸中，溫熱的水浸泡著身體，舒服到了極點。

閉著眼享受熱水的浸泡時，又不自覺地運起異能，探測著樓下面。

在一樓的大客廳中，玉祥和玉琪都在客廳裏，玉長河喝著茶。

玉祥正在問玉長河有關周宣的事情：

「爸，那個胡雲，到底是什麼來頭？」

玉長河把手指在紅木的厚茶几上敲了敲，沉聲道：

「老二，我告訴你，以前你跟成光和你大哥之間的事我不管，不過現在，這個胡雲的事，我可是警告你，別動什麼心思。」

玉祥臉一紅，看來他的事，老頭子並不是不知道，反是明白得很，只是從來沒有說過，想來也是因爲他是親兒子，趙成光只是個女婿，所以才有輕重之分。

玉祥想了想，再問道：「爸，我不是打他主意，不過我剛剛聽他說了，是二叔和成光哥跟他說，年薪一百萬再加分紅，這事是真的嗎？」

玉長河沉吟了一下，然後才說道：

「是這麼回事，不過我可不是白給他錢的，你們知道嗎？因爲這個胡雲的關係，你金山二叔前天那一次出海打了多少魚嗎？」

玉長河瞧著玉祥和玉琪，沉了沉才說道：

「兩網就打了六萬多斤魚，而且另外還網到了十二條三米多長的虎鯊，六萬多斤海魚運到了我們自家的工廠裏，算八元的價，就已經有五十萬元了，而那十二條虎鯊，剛把銷售通知發出去，便被各地的大酒店飯店搶訂了，每一條虎鯊價值三十九萬八，這一筆就是四百七十萬現金了。你們想一想，這一趟出海就有五百多萬的收入，我給這個胡雲一百萬的年薪算什麼？」

停了停，玉長河又淡淡笑道：

「我給他一百萬年薪，提成另算，那是他在同樣的收成上而論的，如果跟你二叔以前一樣的收成，那又有什麼提成可言？但如果他技術確實好，每一趟出海都能豐收而回，我給他高額的獎勵那也應該，總的來說，還是我們玉家得到更大的利潤，不是嗎？」

玉祥和玉琪這才明白，原來胡雲是因爲這個原因才被老頭子青睞的，老頭子的老謀深算是出了名的，給這個胡雲一百萬年薪，其實只是拿了這一次總收入的五分之一給他而已，而且還把他套牢了，想要拿更高的獎勵，那還得有同樣好的收成才拿得到，如果收成不好，其實就只是給他今年的一百萬而已，明年就把他炒掉或者降薪了，玉家其實一點虧都沒吃。

玉祥想了想，然後對玉長河道：

「爸，我倒是想跟你商量一下，這個胡雲很會唱歌，爸，你可不知道他到了什麼程度，可以說跟如今的那些天王巨星平起平坐了，一點也不誇張！加上其他的優點，他其實比那些巨星更強。我敢保證，只要他到我那裏，我一年……一年至少也能增加幾千萬以上的利潤，爸，你看能不能……」

「不行！」玉長河想也不想便揮手拒絕了他，冷冷道：

「老二，不是我說你，別看你那兒搞得很熱鬧，按你的做法，聲色毒品混雜，遲早得出大事，現在京城方面的高層已經要嚴格掃黃掃毒了，要不及早收斂，肯定會累及到我們整個家族產業的。」

玉長河說到這裏，一下子站起身來，背著手在客廳中踱起步來，眉頭深鎖。

玉祥大吃一驚，老頭子這個樣子可是少見，難不成今天自己想挖人，卻反要被老頭子罵一頓？

玉長河尋思了一陣，然後猛然停下步來，轉身盯著玉祥，冷冷道：

「老二，你把手下那幾間娛樂場所馬上移交到你妹妹玉琪手中，讓她來管理，你好好經營幾間餐廳飯館就好。」

玉祥一怔，隨即霍地一下站起身，臉色鐵青地道：

「爸，你這是什麼意思？去年我給我們玉家賺了多少錢？我手下的酒店娛樂城，哪一個不是利潤最多的？而大哥呢，牡丹園的房子不是滯銷了嗎？十幾億的資金押在上面，不是靠我這邊活動，我們玉家能有現在的輕鬆？」

面對玉祥的激動和憤怒，玉長河冷冷地等他說完了，然後才道：「說完了嗎？」

玉祥雖然激動憤怒，但瞧老頭子這麼冷淡的表情，心裏一跳，倒是害怕了起來，結結巴巴地道：「說……說完了……」

「那好，你說完了換我說。」玉長河眼神犀利，冷冷道：

「你背底裏幹的那些勾當，以爲我真不知道嗎？你走私假菸假酒，數目巨大，這且不說，你的夜總會還扯上了毒品生意，你想找死是不是啊？」

玉祥臉色一白，顫聲道：「爸……我……我沒有……」

「別跟我狡辯！」玉長河哼哼道，「別以爲我坐在家中就什麼都不知道，你的一根一底我都歷歷在目，你去年爲了跟你大哥較勁，挖空心思賺了些錢，可你知道不，錢賺得再多，那也得要有命花才有用，人死了，錢再多又有什麼用？」

玉祥心裏驚疑不定，尋思著老頭子怎麼會知道他背底裏幹的事呢？一定是自己手下有他的耳目，如果是警方臥底，那自己還會警覺，要是老頭子的臥底，那自己可就難以察覺了，因爲他手底下的人，老頭子要動手，那絕對是沒有半點問題的。

玉祥這時不是在想著老頭子是怎麼知道的，而是在心裏猜測著，到底誰是那個耳目呢？不得不說，玉祥現在是驚惶不已。老頭子要在這時拿走了他的管理權，那他在與大哥玉瑞的較量中就徹底落了下風，玉家的大權只怕就落到了大哥手中，那時，他可是翻身無力了。

玉祥腦子也轉得極快，一轉念間，馬上對玉長河道：

「爸，你……你就讓我自己來管理吧，我保證，在一周……不不，我在三天之內就把這些處理乾淨，保證規規矩矩做生意！您就瞧在我是爲了讓家族生意做大的份上吧，爸，你還是讓我管理這些生意吧！」

說著，他又指著玉琪道：「爸，你看，小妹才剛畢業，要管理好這麼多的娛樂城，恐怕經驗還不夠吧，要不，讓小妹先給我打打下手，我指導指導她再說？」

玉長河冷冷道：「老二，別說那麼多了，我已經通知了娛樂城管理處，你的經理職位已經取消，玉琪的任命書已經發了過去，再多說無益。現在，你就好好地把飯店酒店管理好，最近給我老實點，別再出來惹事，你幹的那些臭事，我還得來給你擦屁股。」

聽到老頭子的吩咐，玉祥臉色鐵青。老頭子的做事方法他清楚得很，他要是決定了的事，沒有誰能駁回。

玉長河又對玉祥嚴厲地說道：

「你只知道一味狠幹，要不是我的關係，上頭有人提前給我通知，你早就被關進去了。以你的犯案程度，知道嗎，判你個死刑是一點都不過的。」

玉祥看著父親嚴厲之極的表情，失望和驚詫的念頭早沒了，轉而是害怕的念頭塞滿了心胸。

老頭子這麼多年的經營，關係的鐵硬他是明白的，所以，別看玉家現在的產業他都沒在經手管理，全分給了他和老大玉瑞以及姐夫趙成光，但他的分量依然在，若是他一句話，這玉家的所有產業依然在他的掌控中。

就說現在吧，別看他幹得有聲有色，老頭子一道聖旨下去，他的總經理位子一下子就沒了，而且還沒分說的餘地。

玉祥呆了一陣，想了想卻又不服地說道：「爸，小妹，我是擔心她的經驗……」

玉長河擺擺手，淡淡道：

「別以爲你就天下第一了，你妹妹好歹念的也是名校，又主修MBA，這兩年在英國還在一家公司做過管理，成績不俗，我相信她能管理好的。而且，我們公司的執政方向必須要馬上轉型，必須大刀闊斧整頓一番，否則，就因爲你，我們玉家就可能會被毀掉了。」

玉長河嚴厲到極點的表情，讓玉祥再也不敢說什麼，要是再說，不要連他最後一點基礎都給剝奪了。

實際上，玉長河還真是這樣想的，想托關係把玉祥弄到國外去暫避一下風頭，這一回，上頭的動作不是假的，而是來真的。要不是自己還有些過硬的關係，及早得到了消息，否則等到事到臨頭，只怕是回天無力了，都怪自己平時太放任了啊。

這個二兒子玉祥，聰明有餘，沉穩不足，一味的只以結果爲重，卻不擇手段，只要能賺到錢，就不管用什麼方法了。他私底下幹的那些事，要是不及早準備預防，上頭整風行動下來，想保他都保不住，還會禍及到整個家族。

而小女兒經驗雖然少些，卻是玉長河目前最信得過的人了，玉琪的能力也不錯，通過這段時間與她的閒談，也很欣賞她的規畫，那就需要一刀兩斷，把玉祥做的事和他私下的那些關係完全斬斷，在最短時間裏把公司整頓轉型，這樣，上面即使來查，也不容易查到什麼。

現在的玉家必須要把自己的家族生意儘早洗白，而要過這一關，首當其衝的就是要改變二兒子玉祥。

玉祥起初還以爲是因爲姐夫趙成光的原因，以前老頭子是明顯袒護他和玉瑞的，對趙成光要疏遠一些，按理說，今天的事應該不是玉琪做出來的，她一個人還沒有那份能力。

玉祥明白事情已經無法挽回的時候，心裏對趙成光忌恨得不得了，咬牙切齒地發誓，要讓趙成光不好過。

周宣在樓上探測著，沒想到就這麼一會兒，玉家竟然會發生這麼大的事，玉祥春風得意時，卻忽然從天堂摔進了地獄中，還真沒料到。

周宣在探測到這些後，當即收回了異能，起身抹乾了水，用浴巾包著身子回到了房間中，在床上躺下來。先是練了一陣功，然後又探索了一陣異能的秘密，測試著是否還有其他功能，想必異能還會有其他能力，只是他現在不知道罷了。

測試了一會兒，卻沒測出什麼來，又思念起盈盈和家人來，一時也睡不著，伸手自然地往床頭一伸，想摸一本書來看，每次他睡不著覺的時候，只要一看書，就很快能睡著。

不過現在伸手一摸，卻摸了個空，這才發現，這不是他自己的家裏，而是玉家的別墅。

嘆息了一聲，伸手至床頭把開關關掉，房間裏頓時暗了下來，窗外沒有月光，不過有些微弱的星光透過窗簾，朦朦朧朧的。

不知道是認床還是什麼別的原因，還不如在船上的那個窄小鋼床上來得舒服自在，周宣在床上輾轉反側的，半個晚上也沒有睡著，快到天亮的時候才迷迷糊糊睡著了。

這一覺直睡到第二天的中午才醒來。醒來的時候，拿起手機看了看，見上面有七通未接電話，一看，全是福貴的電話。

想想也是，他這個新號碼就只打過福貴的電話，也只有他一個人知道，除了他，也不可能有別的人打電話來。看他的電話記錄是從早上九點，一直到中午十二點四十分，基本上一個小時打兩次。因爲周宣在睡覺時把手機調成了靜音，所以這些電話他一個也沒接到。

想了想，周宣給福貴撥了回去。雖然不喜歡跟他去那些聲色場所，但福貴畢竟是一番熱心，叫他一起吃個飯吧，要去那些地方的話，隨便推了就行。

電話一通，福貴的聲音就急急傳了過來：

「兄弟，你在幹嘛呢，電話也不接，急死我了。本來想早上叫你出來跟我去吃飯玩樂的，可剛剛玉二叔電話來了，說是今晚凌晨一點就出海，讓我通知你，我正要過你這邊來呢，你接了電話就好了，我不過來了。你準備一下，十點上船會合。」

周宣心裏一定，只要不是要他去玩男女打架，那就沒什麼好擔心的，出海是好事，在回來的這一段時間中，他反而懷念著在船上的時候，雖然枯燥，心裏卻是期待的，在船上就如同坐在一輛永不到達的長途車上，只有在車上等待，不用想著下車後要去哪裡。

樓底下玉家裏，玉祥和玉琪兄妹都不在家，玉長河也不在，只有老頭和老太婆以及佣人在。

周宣洗了臉刷了牙，然後到村裏的小吃店隨便吃了點東西。

塡飽了肚子後，周宣看了看時間，才兩點，到晚上十點還太早，於是就到村裏街上到處轉了轉，逛逛超市商店。雖然沒買什麼，倒是逛得自在，因爲只有他一個人，而且在這裏也很難遇到認識的熟人。

到了六點，天快黑的時候，他又在速食店吃了一頓，才慢慢往回走。

這邊只有玉家一棟別墅，十分清幽安靜，沒有別的人過來。周宣踱步回來後，在林蔭間慢慢閒走。

才七點鐘，要再過三個小時才到時間上船，回到住處也沒別的事，還不如在這裏走一陣，樹林裏的空氣也好，而且到處都是石凳石桌等人工設施，當即就在身邊的一個石凳上坐了下來。

林蔭頂上，天空中有幾縷淡白色的雲緩緩飄過。周宣仰頭瞧著天上的雲，見到一隻蝙蝠飛過，異能探測處，蝙蝠剛剛抓到了一隻飛蛾吞食了。

可惜，自己的異能再厲害，卻沒有飛行的能力，要是能像鳥一樣有翅膀的話，自己就可以飛回去偷偷地看盈盈了，雖然不想讓她難受，不想讓她爲難，可自己確實很想她，雖然隔了這麼遠，可自己對她的思念卻沒有半分的減弱，不知道盈盈此時在哪裏，在做什麼？

周宣的異能自然而然地四散探測著。這幾日中，因爲讓自己不因思念傅盈和家人而更加痛苦，周宣對異能的練習就更加勤了。異能現在探測出去，似乎比以前還要強了一些，探測的距離即使以三百六十度分散出去，都超過了五十米，接近六十米了。

在林蔭中，周宣忽然探測到一輛黑色的轎車停在中間，邊上還有三個男子躲在樹後面，借著樹木枝葉遮擋著身子。

周宣一怔，這三個男人的動作可是有些奇怪，絕不是正常的，如果是散步遊玩的，這林蔭中本來就沒有人，又怎麼還會躲躲閃閃的？

就在周宣發怔的時候，忽然又探測到林蔭外邊，玉琪提著皮包緩緩往回家的路上走，接著，聽到那林蔭中的一個男子低聲道：

「她回來了，小心，等她到林裏再動手，要快！」

周宣呆了呆，這三個男人要對付玉琪？是什麼原因？是玉琪的仇人，還是要綁架她來勒索的？

第五十八章

鋌而走險

在這個荒無人煙的地方，叫天不應叫地不靈，
玉琪是不敢跑的，她穿了一雙高跟鞋，
在黑夜中，肯定是跑不過這兩個男人的，
要是給逮回來，直接被沉到海底淹死。
在沒有絕對把握時，玉琪還不想鋌而走險。

周宣一時摸不清情況，當即彎腰悄悄摸近前去。

周宣藏身在相隔十多米遠，一叢半人高的矮樹後，蹲下身子靜候著。

玉琪正哼著一首英文歌曲往回走，手裏還在揮動著手提包，到了那三個人的藏身之處後，其中兩個人刹時竄出來，一人攔腰抱住她，一人用有藥水的毛巾使勁捂著她的口鼻。玉琪嘴裏唔唔地叫了幾聲，雙手雙腳亂抓亂踢，卻是沒幾下就軟了，直到完全不動彈。

周宣不知道這些人是什麼用意，所以也沒有冒然動手，但是異能卻早已經運出，先是把玉琪口鼻中吸入的麻醉藥轉化吞噬掉一部分，但還是留了一部分，讓玉琪的腦子清醒，身體卻是不能動彈，而且也說不出話來，只是能聽到這些人到底在幹什麼，說什麼話。

周宣對這個很有把握，因為之前在香港的時候，他也被莊之賢控制過。當然，玉琪自己是不知道其中原因的，她以為這些人的藥物本來就只是讓她不能說話、不能動彈而已。

那三個人當即又把玉琪抬進轎車裏，兩個人一右一左地把她圍在中間，前面一個人開車。

周宣摸準他們要走的方向，然後趕緊彎著腰往村外的方向跑出去，一邊跑，一邊又運起異能把他們那輛車裏的汽油轉化吞噬掉絕大部分，留下的那點分量剛好只夠開半里路而已。

周宣跑出林蔭，那輛車已經開出去了，人力畢竟是不能跟機器比的，哪怕他擁有異能，在這些方面，還是沒辦法提高的。

因爲知道那三個人的前行方向，所以周宣並不著急，在村口外的路上攔了一輛計程車，然後讓司機沿著那三個人的車追了過去。

果然，還不到五百米處，那輛本田車就停靠在路邊，三個男人都下了車，一邊咒罵一邊攔著車。

周口宣趕緊讓司機把車開到前邊，離那輛車一百七八十米遠的地方靠邊停下，然後說道：

「司機大哥，這三百塊給你，不用找了，我要跟著後面那輛本田車，不過，不能讓他們發現，只要緊緊跟著就好了，如果錢不夠，我再給你。」

一般的計程車，每天營業額不會超過三百塊，賺到這個數還需要生意特別好，而周宣剛剛想也不想就給了他三百塊，這可是一筆大生意了。當然，只要不是跟著這輛車跑幾百里路，那就是賺定了。

所以司機也不反對，坐在車裏，然後掏出了一支菸，笑了笑回頭問道：

「先生，我抽支菸可以吧？」

「沒事沒事，你儘管抽。」周宣搖搖頭回答著。

後面的那三個男人隔了近兩百米，所以對前面周宣所坐的那輛計程車一點也不懷疑。

而周宣又探測到，玉琪好端端地躺在本田車後排中，身子仍然不能動彈，不過周宣卻探測到，玉琪的眼睛卻是微微動了動，睜開來瞧了瞧車裏的動靜，腦子是清醒的，而且也知道被綁架了，只是不能動不能說話。

其中一個男人攔下了一輛私家車，那開車的司機探頭問道：

「什麼事？」

那個男子當即從衣袋裏掏了兩百塊錢遞到他的車窗邊，說道：

「我們的車沒油了，能不能給一點油？只要能到前邊三里路外的加油站就行了，我給你兩百塊錢，可以吧？」

那司機一喜，當即接了錢道：「可以可以，剛好我後車箱裏還有一個裝酒的水壺，也有水管，我抽一點兒給你們。」

說完打開車門下了車，然後到後車箱中取了水壺和水管，把加油處的蓋子打開，把管子塞進去，蹲下身子，用嘴狠吸了一口水管，「嘩」的一下，油箱中的油就從水管口處一下子流了出來。

那司機趕緊把水管口塞進塑膠壺中，這水壺能裝五斤酒，從白色半透明的表面看得到，汽油線條升高，裝了大半壺後，那司機把將管子扯了出來，然後說道：「好了，要跑到前面的加油站綽綽有餘了。」

本田車中的那三個男人此時自然不會計較這三百塊錢的生意是賺還是賠了，其中一個接了水壺，趕緊把汽油從油箱口處倒了進去，然後三個人又一起上了車，兩個人依然一左一右圍著玉琪，另一個人開車。

因爲有了油，車一下子就啓動了。

周宣趕緊對車上還在抽菸的司機說道：「司機大哥，小心些，後面那車開動了，我們得跟著他，但不能讓他發現。」

那司機點點頭，雖然搞不清這兩輛車上的人是幹什麼，但瞧得出來，周宣並不像是一個壞人，再說他是一個人，後面那輛車上面是三個男人，顯然不可能是去綁架什麼的。

這會兒，那司機發動了車，然後說道：

「先生，我們不如先到加油站吧，反正後面這輛車是肯定要到加油站加油的，先在加油站等著，這樣也不容易被他們發現。」

「好，就按你說的辦吧。」周宣點點頭，然後又說道：「只要不被他們發現就行了。」

周宣這時又將異能凝成束，盡全力探測著那輛本田車。

開車的那個男人正奇怪地惱道：

「明明下午才加的兩百塊錢汽油，怎麼一下就沒了？這還三個小時不到，而且，這中間我們也沒怎麼開啊，難道是油箱漏油嗎？可是剛剛目測檢查了一下，油箱應該是沒有問題啊，怎麼可能就沒了呢？」

百思不得其解，不過剛剛加了一半壺油，至少能開上五里的路程，要到加油站肯定沒問題。

周宣一直運著異能籠罩著那輛本田車，只要一有變故，他都能及時解決掉，讓他們不可能離開他控制的範圍中，他之所以現在不先解決，就是想知道這些人到底是什麼原因綁架人，也想弄清楚他們的窩點在哪裡，知道一切後再動手不遲。

本田車加了半壺油後，開到了加油站處，再加了滿滿一箱油。周宣坐的那輛計程車在後面跟著，遠遠地隔了兩百米，那三個人從頭到尾都沒有注意和發現後面有人跟蹤。

當然，主要也是他們覺得沒有人會可能得知他們的行動，二來，又因爲忽然間莫名其妙沒了油，正氣惱著，也沒想到別的。

加了油後，這輛車開上了公路，再轉了半個圈到了海濱公路，向著海邊開去。周宣看到去的地方很偏僻，雖然隔鄰海邊，卻儘是危險的峭壁懸崖，前邊倒是離周宣他們那艘漁船靠岸處不遠了。

周宣看到這一帶極少有人至，再跟過去只怕會引起懷疑，想了想，立即運起異能把對方車裏的汽油轉化吞噬掉九成九，再往前的話，最多又只能跑半里路的樣子，而且這邊只有這一條公路，所以周宣不擔心會跟丟。

在轉彎處，周宣叫停了車，然後又給了司機兩百塊錢，說道：

「司機大哥，我就在這裏下，謝謝。」

那司機來到這樣的地方，本來就有點害怕，加之又是跟蹤別人，誰知道車上的這個人是不是跟其他人合夥，搶那一輛車上的人呢，又或者是合夥預謀好了準備搶他呢？

司機心裏正疑上疑下害怕著，見到周宣在停車之後就沒有別的動作了，卻又多給了他兩百塊錢下了車，這才放心下來。看來這個年輕人沒有要搶他的意思。

等司機調頭開走後，周宣趕緊往前邊跑去，一邊將異能凝成束往前探測著，這一帶的公路也是沿著海岸邊彎彎曲曲的，不像福壽村那一帶，沿海都是直線的公路。

本田車上的汽油只能開上五百米左右，所以周宣沿著公路奔過去，大約四五百米時，異能便探測到彎道後那輛本田車正停在路中間。

那三個男子正氣呼呼地相互氣惱著。

「加的什麼油？三百多塊錢的油就跑半里路？」

「這怎麼辦？現在這邊可是連過路的車都沒有了，天又黑了，夜裏過來的車輛更少，再說，我們幹的是什麼事？又怎麼能讓別人看見……」

「奶奶的，回去把加油站的人狠揍一頓……」

「你以為你是老大，誰都要聽你的？什麼證據都沒有，你要去加油站揍人？」

周宣當即悄悄矮身潛伏過去，臨近到那三個人不遠處停了下來。在這個距離中，他們三個人，包括在車中不能動彈的玉琪，都完全在他的控制之中。周宣想知道的就是，這件事背後到底是什麼人在操控。

三個人相互惱了幾句，然後其中一個人道：

「別吵了，我們事還沒做呢，趕緊辦事吧，否則剩下那一半的錢就拿不到了。」

聽到這句話，周宣馬上就明白，他們三個人背後有指使者，並不是單純的綁架案，當下更是小心地不露出半點聲響。

接著，那人又道：「阿成，我跟老三處理這女人，你去加油站，先弄一壺油過來。」

那個阿成怔道：「這麼遠，要我走路到加油站？」

那個當頭的人又說道：「不走路，你還想坐車去？想也想得到，會到這邊來的車，我們躲都還來不及，你還要湊上前去？要不要報警還是叫拖吊車，說這裏車壞了？」

那個阿成訕訕一笑，然後舉雙手道：「好好好，我去我去！」

阿成到後車箱中把剛剛用過的那個油壺拿出來，然後又到車門邊打開門，瞧著昏睡的玉琪，可惜地說道：

「真是可惜了，這嫩得出油的妞兒就要活生生被沉到海底了，我說，那玉祥也太狠了吧，連自己親妹妹也要幹掉？」

那個爲首的人當即沉聲喝道：「阿成，閉嘴，不知道咱們幹事的規矩了？」

那個阿成四下裏瞧了瞧，然後才訕訕地道：

「老大，我知道不能說，不是瞧在這裏只有我們兄弟三個人嗎，又沒有外人，有別人在，我自然不會瞎說的。」

那爲首的老大哼了哼，又說道：「你這張嘴，遲早會惹禍事出來的。」

另外那個老三倒是替阿成說了幫腔的話：

「大哥，算了，別說他了，你又不是不知道阿成的個性，雖然嘴多，但我們兄弟那些不能說的事，他還是有分寸的，也沒說出去過。」

阿成趕緊道：「是是是，老大，三哥，我打油去了。」

那個老三又囑咐道：「快去快回，千萬注意別讓人看到和懷疑，機靈點。」

阿成應了聲，然後提著壺急急往來時的路上跑過去了。

周宣不動聲色，運起異能，等到那個阿成跑到轉彎處後，這邊聽不到也看不到他時，這才用冰氣異能把阿成全身凍了起來，一跤摔倒再也動彈不得。

周宣不想讓他知道自己的秘密，所以剛好讓他凍到暈迷的程度。

解決了阿成，周宣再彎腰在公路邊的綠樹後掩護著前行，天空中有星星，遠處有路燈，倒是約莫能看得見一丁點，不過隔上十米以上便見不到了，只是，這顯然對周宣構不成困難，異能運用下，兩百米左右的範圍盡在他的探測掌控下。

那個老大和老三不敢開車燈，怕引起遠處有人瞧見後生疑，兩人把玉琪抬起來就往海邊走，周宣的異能探測到，玉琪這時圓睜著眼睛，雙手直發顫。

周宣也沒覺得奇怪，玉琪只是身體的手腳和嘴巴不能動，但腦子卻是清醒的，只是沒想到，她會在這個時候還睜大了雙眼盯著那兩個劫匪。

好在天黑光弱，兩個人並沒有注意她。

周宣心裏一動，立即運起異能，把玉琪身體裏的麻藥分子全部吸收吞噬掉，因爲這兩個人剛剛說了，他們背後的買凶者可能會是玉祥。

照理說來，這些人是不可能說謊話的，因爲他們根本就不知道周宣在跟蹤他們，在他們三個人相處時，說的話應該就是真話了。

而且周宣也想像得到，玉祥是幕後兇手，這事並不太出乎他的意料之外，因爲事情的起因可能就是因爲老頭子玉長河把玉祥管理的公司都轉到妹妹玉琪名下，這或許就是玉祥買兇殺人的原因吧。

看來這個玉祥還真是心狠手辣，不過就是眼光太淺，搞些陰謀詭計還行，想做大事，眼光就差太多了，根本就沒看清形勢，也沒弄清楚玉長河的意思。

他老子玉長河本就是一個很傳統的人，傳子不傳女，傳媳不傳侄的，所以根本就沒想到要把玉祥廢掉，只是他這次的漏子搞得太大，不收斂就會禍及到整個玉家，而不光只是他一個人有危險。

玉長河只是把他先撤下來避避風頭，等這個整頓的風頭過去後，再打點一下接他回來。女兒雖然能幹，但終究是要嫁到別人家去的，只是目前，他能相信和依靠的，就只有這個女兒了。大女兒沒這個能力，讓她管她也管不了，小女兒能力很強，只有讓她先接管下來。

周宣把玉琪的禁制一除掉，玉琪當即就大聲尖叫又掙扎起來。那個老大和老三頓時吃了一驚，兩人趕緊把她扔下地，按手的按手，捂嘴的捂嘴。

緊接著，老三「啊喲」一聲悶叫，是玉琪在他手上狠狠咬了一口，雖然很痛，但卻是強忍住了沒大聲叫，縮回手來只是連連甩動。

玉琪咬了一口捂著她嘴的手，老三縮回之後，她又大聲地叫了起來：「救命，救命啊！」

老大和老三大駭，立即不顧一切地撲上去，用身體把玉琪的嘴臉壓了起來，玉琪唔唔唔的幾聲，聲音頓時啞了。

老三見老大把玉琪整個壓在了身下，當即惡從膽邊生，掏出一把匕首出來，惡狠狠地低聲叫道：「大哥，你讓開，我一刀結果了她！」

周宣頓時緊張起來，異能全力運出，只要老三動作危險，他立即就要出手。

不過，那個老大卻是低聲拒絕道：

「不要用刀，這樣會留下血跡，還是在她身上綁石頭裝麻袋沉到海底吧，這一帶的海邊礁石林立，遊人和船隻都不敢近前，沉到海水中沒有人會發現的。」

周宣心裏一鬆，知道玉琪暫時沒有危險，也就沒有動手，彎著腰再靠近了些，然後把手機取出來，調到錄音的模式中，等到那個老大和老三說出內情來，留下個證據。

不過，老三雖然不動手殺玉琪，卻是提著匕首勒著玉琪的脖子，低聲喝道：

「別叫，再叫老子就一刀割斷你的脖子。」

玉琪脖子上生疼，趕緊住了口，臉上嚇得慘白一片，雖然在夜色中瞧不出來，但顫抖的身體卻是很明顯的有恐懼之意。

這兩個人的兇狠她是明白的，從他們剛剛說的話來看，不用刀殺她並不是裝樣子，而是怕在這裏留下血跡，等到把她拖到海邊時，就會把她裝進麻袋綁上石塊沉了，想到這裏，玉琪就害怕得不得了。

「你們……爲什麼要……要殺我？……」

玉琪害怕歸害怕，還是開口問了出來，忽然又想到，剛剛聽到他們說是二哥玉祥請他們來殺自己的，心裏便不相信。大哥二哥小時候對她好得很，因爲她最小，自己上小學時，大哥二哥中學都畢業了，那時自己一受到欺負，哥哥們就非得把欺負她的學生狠狠教訓一頓才行，到現在，她都還在想著哥哥們的好。

今天，父親玉長河忽然要讓她接管二哥的公司，當時她是很吃驚的，也看得出來，二哥很不樂意，又想到前幾天，父親老是找她談對當今經濟形勢的看法和公司方向的問題，自己也侃侃而談，但根本就沒有想過，父親其實早有心思讓她來接管二哥的公司，要是知道的話，她也就不說這些了。

那老大嘿嘿冷笑著回答道：「什麼原因，嘿嘿，我倒是可以破例告訴給你，是你們玉家自己人，你的親哥哥玉祥花了二十萬，請我們把你沒有痕跡地處理掉，先給十萬定金，事成後再給十萬，嘿嘿，有什麼想法沒有？」

「我不信，你們這是無中生有。」玉琪咬著牙惱怒地說著，胸脯又是激動又是害怕的起伏著。

「那你看看這個，你哥的手機號碼你認不認得？」

那個老大掏出一支手機來，然後打開其中一封短訊，把手機遞到玉琪眼前，說道：「你看看這個。」

玉琪身子顫抖著，然後定了定神，仔細地看著伸到面前的手機螢幕，手機螢幕上清楚的顯示著：「把玉琪毫無痕跡地處理掉，先付十萬定金，事成後再付另一半，一定要乾淨地處理掉，不得留下任何尾巴。」

後面是手機號碼。

手機號碼很熟悉，玉琪臉色雪白。如果說，剛才她還不相信這兩個人說的話，現在看了手機上的短信和號碼，卻是不由得不信了，因爲手機號碼正是她二哥的，這可做不了假。

玉琪顫抖著，眼淚忽然就流了下來，哽咽著道：

「我不信，我二哥爲什麼要殺我？我……我可是他親妹妹啊。」

周宣在一邊卻是嘆息著，你是他親妹妹又怎麼樣？擋了他的路一樣踩到腳下，誰擋他的路就得剷除誰，在金錢面前，有些人都已經變成野獸了。

那老三哼了哼，然後又到後車箱中拿了一個麻袋出來，走到近前又說道：

「別哭哭啼啼的了，反正你都得死，還是老實點吧，少受點痛苦。」

玉琪顫聲道：「我……我給你們四十萬，你們放了我吧。」

那老三一怔，當即把臉轉向老大那邊，顯然，玉琪開出的新條件打動了他，玉祥給他們二十萬，這個玉琪卻開口就是一倍，四十萬！本來他們殺人就是爲了錢，玉琪給高了一倍，不知道老大要不要考慮玉琪開出的條件？

老大呆了呆，但隨即又搖搖頭道：「不行，收了她的錢把這事辦砸了，以後我們可就不能在道上混了。」

周宣可不相信這些人會講道義，異能探測處，果然見到老大說這個話時，連連向老三遞著眼色，只是在夜色中，老三根本就沒注意到。

老大這話其實是嚇唬玉琪的，他們這種人，為的就是錢，玉琪軟弱地一開口，他心裏便是一喜，趕緊把她嚇得更狠一點，等玉琪開出更大的價錢來，拿到錢後，再把玉琪沉到海底，這樣兩邊拿錢，對玉祥那邊沒有失信，而玉琪這邊雖然失信了，但她死了，死人又怎麼能開口？再說，能從玉琪手中得到一大筆錢，這又何樂而不為呢？

玉琪還真是被嚇到了，加上又沒有被綁架的經驗，一個女孩子遇到這麼兇神惡煞的歹徒，命懸一線，又哪裡還能冷靜的想事情？

「我……我……給一百萬，給你們一百萬好不好？你們……你們放了我吧。」玉琪顫抖著又說道。

見到那老大不出聲只沉默著時，以為他還在為錢的數目猶豫，當即又補上道：

「你……你們自己說好不好，你們要多少錢？要多少錢我都給。」

那老大裝模作樣咳了一聲，然後道：

「這個……如果我們放了你，那以後肯定就不能在東海省混了，沒錢可不行，除非……除非你能給我們五百萬，有這筆錢，我們才能到外地發展。」

老大說的五百萬，當然是先大大地開了個價，然後玉琪再跟他們討價還價，可以少一些，但拿到錢再動手也不遲。

但是玉琪卻是半點也不猶豫，一下子就答應了下來：

「好，我就給你們五百萬，不過這麼大一筆現金，我一下子肯定是拿不出來的，嗯，我們可以好好商量一下，怎麼到銀行把這筆錢取出來，你們拿到錢就放了我，可不可以？」

玉琪並不是個沒有主見的女孩子，只是剛才確實給嚇到了，現在見到這兩個人被她說出的話吸引後，腦子裏就開始清楚盤算起來，一邊設想著後面的發展，一邊想著辦法。這時不妨把條件開得優厚一些，只要這兩個人動了心，只要他們想拿到錢，那就好說。後面的事可以見機行事，能逃則逃。

老大心裏自然是鬆動了，五百萬，對他們在刀口上混的人來說，確實是一筆大數目了。說實話，他們還從來沒賺到過這麼大的數目，只是又擔心，這錢可不好拿，五百萬的數目，從銀行拿那也得經過幾道手續，如果他不貼身跟著玉琪的話，玉琪一到銀行，就等於逃進了警察局。

玉琪這時的心思已經完全恢復了正常，害怕的念頭一去，思路也靈活起來，老大雖然沒說什麼，但她也估計得到，這兩個人如果想要她這一大筆錢，心裏會擔心害怕什麼。

「我想，你們應該有槍吧，如果你信任我，你就拿了槍跟我一起進銀行，跟我一起把錢取出來，要是我騙你們，你就開槍，這樣可不可以？」

玉琪這樣一說，那老大倒是信了，剛剛看到玉琪給嚇成那樣，肯定不敢撒謊，而且她說的方法，其實是最容易想到，也是最可靠的了。

那老大想了想，又說道：「不行，太費時間，到銀行取錢，那肯定得明天，時間不允許，你現在能拿出多少錢來？」

玉琪趕緊說道：「你放開我，我皮包裏有兩萬塊，然後我還有兩張銀行卡，一張是信用卡，有十萬存款，可以透支五萬現金，而另一張是儲蓄卡，裏面有四十九萬，密碼是……」

那兩個人把玉琪鬆開了，兩人一前一後，也不擔心玉琪跑掉，在這個荒無人煙的地方，叫天不應叫地不靈，玉琪是不敢跑的，她穿了一雙高跟鞋，在黑夜中，肯定是跑不過這兩個男人的，要是給逮回來，不用說，再說什麼都不管用了，直接沉海底淹死。

在沒有絕對把握時，玉琪還不想鋌而走險。

那個老大把手機按鍵按了一下，用手機螢幕的光照著，老三把玉琪皮包裏的東西翻了出來，裏面有紙巾、皮夾、化妝品、小鏡子，還有兩萬塊沒有拆開銀行封紙的錢。

老三直接把錢和皮夾拿出來，兩萬塊錢給了老大，然後又把皮夾打開來看了看，皮夾裏還有一千多塊現金，有兩張銀行卡。

老三把銀行卡和現金都取了出來，老大把兩張銀行卡接了過去，沉吟了一下，然後又問道：「密碼是多少？」

玉琪趕緊又把銀行密碼說了一遍，跟她剛剛說的一模一樣。

老大有些相信了，想了想又道：

「這樣吧，我們現在一起到附近的銀行櫃員機上查一下，如果你說的密碼是真的，我就相信你說的話，如果是假密碼，立馬幹掉你。」

玉琪趕緊直點頭，說道：「是真的，絕對是真的，兩張銀行卡的密碼都是一樣的，我保證。」

老大和老三兩個人相信玉琪說的是真話了，現在是晚上，去銀行，他們也沒有危險，在櫃員機上面一查，是真是假馬上就明白了，做不得假。

玉琪根本就不敢說假話，因爲她知道，只有說真話，才有機會借機行事。因爲銀行基本上都在市區，即使不在市區，也不會是太偏僻的地方，只要有人，就有機會逃掉。

第五十九章

脫離魔掌

玉琪的緊張讓她忘了很多事，
比如周宣手上並沒有刀和匕首一類的東西，
怎麼就弄斷了那些尼龍繩？不過這些都不是重點，
現在，她在意的是自己確實活著逃開了那幾個人的魔掌，
雖然只是暫時的。

玉琪卻是低估了這兩個綁匪的智商。

但周宣早想到了。他用異能探測著這兩個人的氣場，如果這兩個人對玉琪的高價動心了的話，心情肯定會有不同，那個老大的氣場就波動很大，顯然是在騙玉琪。

只是他們還不知道，許諾給他們二十萬的玉祥，早已經是自身難保了。

玉琪的四十九萬現金再加五萬的信用卡預借現金，如果再有玉祥的二十萬，這一筆綁架案，一共就能賺個七十四萬。

那二十萬，他們三個人一人就能分六萬多，而這五十多萬一到手，老大先跟老三兩個人私下裏就分了，不用分給阿成，反正阿成又不知道有這回事，等一下再把玉琪沉到海中，這筆收入就是他們私下裏得的。

老大嘿嘿一笑，把銀行卡和現金揣進口袋裏，然後笑道：

「玉小姐，現在要委屈你一下，先裝進麻袋裏，等到了銀行，我們再放你出來，就請你不要叫了，否則我們就會動刀子讓你閉嘴安靜了。」

玉琪又是一顫，對老大的話半信半疑的，但又不敢反抗。

那老三頓時明白了老大的意思，嘿嘿一笑，把麻袋扯開，往玉琪頭上一蒙，然後用繩子把她的腿捆住，兩個人一前一後把玉琪抬了起來，往海邊行去。

玉琪不敢大聲叫，怕引起他們兩個的憤怒，馬上動刀行兇，只是低聲說道：

「求求你們，放了我吧，什麼條件我都答應你們。」

「別叫，再嚷嚷就把你舌頭割了。」

聽到老三兇狠的話，玉琪趕緊把嘴閉了起來，不敢再說，生怕惹火了他們。

周宣悄悄地跟在後面，手機錄了半個小時的話，基本上是可以作爲證據了，心裏想著，要不要現在就動手把這兩個人整倒？

周宣心想，這是玉家的家事，他又何必攪和在其中？要怎麼樣，還是由得玉琪自己去想辦法吧，自己只要把她救下來就好。

不過，要在老大和老三的眼皮下救出玉琪來，而又不被發覺，那還真是極有難度，這時又探測到，離海邊處也不過是三四十米的遠近了。

周宣趕緊運起異能，凝成束，然後探測了一下海邊的懸崖，其實這兒過去也不算懸崖，只有十多米高，下面是七八米深的海水。

附近礁石林立，海浪拍石，遊人和船都是不會到這一帶的。周宣馬上知道，這兩人肯定是要把玉琪扔下去沉到海水中，從這個地方扔下去，只會掉進海水中，不會摔死，周宣一探測到，心裏馬上就有了對策。

老大和老三把玉琪抬到崖邊，然後放下袋子，接著把麻袋口子鬆開，老三抱了一塊數十斤重的石塊過來，然後兩人合力把石塊塞進麻袋中，把口子捆好。

玉琪馬上知道不對勁了，趕緊叫了起來：

「救命啊……救命……」

不過，老大和老三已經把麻袋封好，玉琪在封閉的麻袋中大聲叫著，但聲音卻傳不出去，聽起來沉悶不已。

老大和老三更不多待，抬起麻袋往外邊晃了晃，叫了下「一、二、三」，叫到三時，兩個人一起用力甩出，麻袋就向外飛出，蕩開了兩三米，接著轟隆一聲響，重物砸進水中，然後就是寂靜。

老大和老三向懸崖下瞧了瞧，笑了笑，然後往回走。

老大說道：「趕緊過去，老三，等一下阿成回來後，可得要注意一些，別露了馬腳，咱倆多分了二十七萬，要是加上他，咱倆一個人可就要少分九萬塊了。」

「我知道，大哥，你放心。」老三只是點頭，兩人一前一後往回走。

等到兩個人走開後，周宣才貓腰竄到懸崖邊。下面只有十來米高，這對他沒有影響，而且在老大和老三扔麻袋時，周宣已經運了異能把麻袋裏的石塊轉化吞噬掉，以免大石塊把玉琪碰傷。

周宣一邊用塑膠袋把自己的手機封好，邊緣處又用太陽烈焰的高溫熔化膠袋，讓它不透氣封閉好，又探測好下邊的地勢後，然後往下一躍，跳出懸崖。

在落水的那一剎那，周宣用異能又轉化吞噬了與他接觸到的海水，吸收了兩米左右，再碰到海水時，已經陷身在兩米深的海水中了，這樣的入水響聲幾乎就沒有了，以免老大和老三兩個人聽到。

周宣又趕緊潛下去，異能早探測到玉琪沉下水的位置，直接便潛到了那個位置，然後拖起麻袋往上游。到了海面處，轉化吞噬掉繩子，扯開袋口，把玉琪拖出麻袋後，玉琪還在憋氣中，這才沉下不到三分鐘，雖然難受，但還沒有完全失去知覺昏迷。

周宣又在她被扔下的時候，用異能改善了一下她的體質，在海水中，還是能承受幾分鐘的時間，只是玉琪自己並不知道而已，所以剛才她閉氣掙扎時，並不知道已經過了兩分多鐘的時間，要是知道的話，她肯定會奇怪，不明白自己怎麼能閉那麼久的氣。

周宣把玉琪拖出麻袋，把玉琪的頭浮在水面上時，玉琪大口大口地呼吸著空氣，好一陣子後才側頭瞧著周宣，星光微弱，一時並沒有瞧清楚這個救她的人是誰。

周宣見玉琪又要叫嚷，當即伸手捂著她的嘴，輕聲說道：

「別叫，我是胡雲，我是來救你的。」

「胡雲？」玉琪驚詫道，又問道：「你怎麼知道的？」

說著，她仔細對著星光瞧著周宣，好一會兒才確定了救她的這個人確實是胡雲。

「那些人還在上面，別叫嚷，否則我們都有危險。」周宣一邊低聲說著，一邊往淺水的邊上游去。

玉琪當真不敢大聲說話了，剛剛那幾個人的兇狠她可是嘗到了苦頭，要是再落進他們手裏，只怕是再沒有這樣的幸運事了。

玉琪的緊張讓她忘了很多事，比如剛剛捆她的麻袋中，爲什麼忽然沒有了大石塊，而周宣手上並沒有刀和匕首一類的東西，怎麼就弄斷了那些尼龍繩？不過這些都不是重點，隨便也能說過去，所以玉琪也不在意。現在，她在意的是自己確實活著逃開了那幾個人的魔掌，雖然只是暫時的。

周宣拖著玉琪游到了岸邊後，拉著玉琪沿著斜斜的岩石坡往上爬，玉琪膽戰心驚地跟著周宣爬了上去。

兩人爬上去後，周宣探測到前方兩百米處，老大和老三兩個人回去的時候，就碰到了倒在地上的阿成，兩人一驚，把阿成扶起來，老大問道：

「阿成，阿成，出什麼事了？」

老大左右瞧了瞧，又對老三低聲道：「老三，注意一點，阿成有可能是被襲擊了，看來可能有埋伏。」

不過，說有埋伏又說不過去，他們幾個人來這裏，又沒有跟別的人透露過，而且也是三個人臨時決定到這個地點的，是因爲車裏沒汽油了才臨時改變的，這種情況下，怎麼可能會有埋伏？

阿成身體中的冰意在這個時候已經開始消融，老大把他的身體直搖晃，沒幾下就清醒了過來，迷迷糊糊地道：「大哥，你幹什麼啊？」

「你還問我幹什麼，我還要問你呢，你怎麼倒在這裏了？不是讓你去買汽油的嗎，是不是有人襲擊了你？」老大沉了沉聲，低聲問道。

老三在一邊也四下搜尋著，看看是不是有人。

阿成呆了呆，然後甩了甩腦袋，仔細回憶了一下，然後才想起剛剛的情形，摸了摸頭，皺著眉頭說道：

「沒有啊，沒有人襲擊我，就是剛剛走到這兒時，忽然就摔了一跤……」

想了想，阿成又道：「我想起來了，上個月，我在屋裏頭睡覺時，尿急了起床撒尿，在浴室裏我就摔了一跤，不不不，不是摔跤，而是暈倒，剛剛好像也是那樣，我大概可能有點貧血，所以才會暈倒了。」

老大哼了一聲，說道：「年紀輕輕的，怎麼會貧血？幹我們這一行的，身體不強健怎麼幹？」

說了這話，老大又向老三招招手，說道：「老三，不用檢查了，沒有人！」

對有人襲擊和埋伏的事，老大基本上是排除了，看來是阿成自己暈倒了，沒事找出事來幹，想了想，又惱道：「老三，你提壺到加油站那邊買汽油，我跟阿成守在車裏等你，快去快回！」

老三應了一聲，然後從地下提了壺往加油站的方向走去。

在離他們二十多米處，周宣拉了玉琪，悄悄地走近了躲在後邊。

玉琪聽到老大幾個人的談話聲，嚇得直打哆嗦。周宣用太陽烈焰能力把玉琪的寒冷驅除了一大部分，玉琪覺得身體暖和了些，但卻不知道是周宣弄的，哆嗦的動作無形中消失了。

周宣悄悄地對玉琪說道：「我們從邊上繞過去，注意別弄出響聲來。」

玉琪膽戰心驚地跟著周宣繞過去，還好沒有驚動到老大和阿成兩個人，從另一頭上了公路後，兩個人才從公路上走過去。

周宣一邊探測著前邊，到岔路口處，一邊是回城區的路，一邊是到海邊，周宣他們那艘船停泊的地方。

周宣把手機從塑膠袋中取出來，看了看時間，快十點了。福貴跟他約好的時間就是十點鐘，於是他想了想說道：

「玉小姐，你從這條路走，就不會碰到那個買汽油的歹徒，然後搭車回去，那三個歹徒不知道你還活著，所以你是安全的。」

「不不不，」玉琪忽然一把緊緊地抓著周宣的手臂，急急地道：「我不能離開你，現在我回去肯定有危險，我得跟著你躲著。」

周宣一怔，玉琪又道：「你也聽到了，想要害我的人是我二哥，而且，我現在還不能確定是不是他，也許真凶還另有其人，我現在的處境很危險，所以我現在只能求你，就讓我跟著你幾天吧，等把這事弄清楚後，我才能回家去。」

周宣皺了皺眉，沒想到這一下是搬石頭砸了自己的腳，自找麻煩到頭上了。

可是話又說回來，玉琪說得也合情合理，可現在自己要跟船出海了，總不可能把她帶到船上吧？

「不行，我現在要上船出海了，跟福貴已經定好的，十點鐘上船，十二點，玉二叔他們上船後準時出海，你要跟著我，我怎麼工作？」

周宣直搖頭，又說道：「再說，船上也不容許女人跟著出海。」

玉琪急急地道：「那船是我們玉家的，有什麼不可以？我說可以就可以，而且，我現在躲到船上是最安全的，要是害我的人以爲我已經死了，那是最好，那表示我是安全的，我還可以趁這個機會查清害我的人。」

周宣嘆了一聲，想了想後才說道：「那好，這樣吧，你先跟我偷偷上船，躲在我的房間裏，不要出聲，不要讓別人發覺，難保船上沒有害你的兇手同黨！」

玉琪點點頭，如果那個兇手真是她二哥的話，那這條船也是她們家的產業，船上的工人與她二哥有關係是極正常的事。

雖然她心裏仍然不相信幕後的兇手會是她二哥，但從頭到尾的線索顯示，的確與她二哥有關聯。玉琪的害怕可想而知。

剛剛死裏逃生的經歷，還像一座大山般緊緊地壓在心頭上，讓玉琪無法放鬆下來。因為擔心與福貴碰到頭，讓他發現玉琪上船的事，所以周宣得提前讓玉琪跟他到船上，按照上次的經歷，如果小心些，玉琪藏在船上的房間裏，是有可能遮掩過去而不被發現的。再說，玉琪也說得沒錯，以玉二叔的性格，如果玉琪有難，他肯定是會盡心盡力幫忙的，只要在目前瞞住他就好。

當然，最好是玉琪在船上不被眾人發現，直到出海回來。在船上，一般人不會到他房裏去的，除了在大艙裏打牌聊天，大家剩下的時間就是睡覺，然後到了目的地就是撒網打魚幹活。

到了漁船處，還差十分鐘十點，周宣先溜到船上看了看，沒有人，這才又回到岸邊，把躲在一邊的玉琪叫了出來，兩人偷偷上了船。

周宣把自己的艙門打開，讓玉琪躲到房間裏，又囑咐道：

「你把門先鎖上，從外面推不開，我到艙裏坐一會兒，等他們過來。」

玉琪點點頭，把門關上，又從裏面反鎖死。

周宣怔了怔，話是這麼說，但她把自己的房間占了，等一下玉二叔等人上船後，要是沒事做讓回房睡覺，那自己要怎麼辦？讓別人瞧見自己的房門是從裏往外反鎖的，那就麻煩了。

周宣把船上的燈打開，坐在甲板上看星星。一想到看星星，周宣卻破天荒地想到了魏曉晴。

在洪哥家裏，在天臺上，與魏曉晴在天臺上看星星的時光又倒回到腦海中，周宣不由得微笑起來。

聽到突突突的摩托車聲後，周宣轉頭望去，是福貴坐他弟弟的車過來了。

其實玉二叔並沒有要周宣也跟福貴一起到船上做準備，因爲他的級別是遠高於船上其他工人的，但玉二叔沒有跟福貴說明白，福貴又喜歡跟周宣聊天，所以就約好跟他一起過來，像上次一樣。

不過，今天就只能聊聊天了，因爲十二點鐘就要出海，要再叫雞吃速食，時間是不夠的，要是給玉二叔知道了，他就要吃大苦頭了。

福貴的弟弟把福貴送到岸邊後，就騎車往回走。福貴看到周宣開燈坐在甲板上，當即笑呵呵地走到船上，說道：

「兄弟，你怎麼早到了？呵呵，也好，來來來，咱們兄弟喝喝酒，吃點東西。」

福貴說著，把手上提著的一大袋東西放在船板上，把裏面的東西拿出來。有兩個飯盒，裏面是烤鴨和燒雞，另外還有十幾袋的零食。

福貴把幾袋魷魚絲遞給周宣，說道：「你先吃這個，這是我們玉家工廠自己產的海鮮食品，鮮魷絲，很香很好吃，你先吃，我到船裏拿幾罐啤酒。」

福貴往船裏走去，周宣忽然想起在自己房間裏躲著的玉琪，心裏跳了起來，可別被福貴發現了，趕緊起身追了進去。

福貴到儲藏室拿了啤酒，然後又拿了幾罐魚罐頭，兩手都是東西，周宣見了也不幫忙，任由他拿著，只是把儲藏室的門關上了，然後跟在他身後。

福貴也不以爲意，不過一雙手都拿著東西，所以也沒有去看別的房間。

又到了周宣原來坐的地方，福貴坐下來，開了兩罐啤酒，一罐遞給周宣，自己拿了一罐，二話不說，首先狠狠喝了一大口，然後才吐了一口長氣，讚道：「真爽。」

喝了一大口酒，福貴舉著罐子對周宣揚了揚。

周宣也喝了一口，沒有用異能轉化吞噬掉，他倒是想醉一次，忘了思念，忘了現在的煩惱，忘了一切。

但周宣喝了一大半罐啤酒，腦子裏卻是清醒得很，一點醉意都沒有，煩惱的事仍然在腦子裏打轉。

福貴又喝了一口，然後說道：「兄弟，我瞧玉二小姐對你不對勁啊。」

福貴莫名其妙地說了這麼一句，周宣嚇了一跳，趕緊問道：「什麼不對勁？」

難不成，福貴早發現玉琪藏在船上了？

周宣有些懷疑，福貴是不是真知道哪裡有不對勁的地方了，雖然自己與這個玉家二小姐什麼關係都沒有，但如果被發現她此刻就躲在他的房間裏，那自己可是跳進黃河也說不清了。

或許還會招來什麼癩蛤蟆想吃天鵝肉、不知天高地厚等等閒話，雖然現在已經是文明社會，但在富人階層中，那種等級森嚴的觀念一樣存在，這個社會是很現實的。

福貴笑呵呵地回答著：「我瞧啊，玉二小姐是不是跟兄弟是老相識了啊？要不，她怎麼會在夜總會，在眾人面前把你拉著跑？」

「不是不是，我是第一次來東海。以前從沒來過，也不認識玉琪小姐……」周宣直是搖手，但福貴的這個問題，還真是找不出什麼理由來回答，遮掩了一下，便拿起啤酒罐說道：

「喝酒喝酒。」

福貴也笑呵呵地拿起罐子道：「喝喝喝……趕緊喝酒，等會兒玉二叔他們就要到了。」

兩人沒幾下就喝光了拿出來的六罐啤酒。福貴又要起身去拿酒，周宣一把拉住了他，說道：「福貴哥，別拿了，別喝太多，慢慢吃東西等人吧。」

福貴點點頭，說道：「也好，來，吃魷魚絲。」

他拿出來的魷魚絲很好吃，有辣的和不辣的，很有味道。又因為這一次在周宣的幫助下得到了空前的大豐收，所以下船後，回收的魚筐子，趙成光沒有讓周宣、福貴他們來搬上船，而是花錢請小工做了。

再說，即使要做，也不會要周宣再做這樣的事了，人家一次就賺了五六百萬，還能讓他打小工幹粗活嗎？出海後在船上是免不了，但回來後還讓人家幹這樣的活，那就說不過去了。

趙成光現在可是把周宣當成一份重要的投資來看待的，周宣已經成了他手中最重的一個砝碼。

福貴這個人雖然有些粗俗，而且很色，但周宣卻覺得他很真實，不做作，不像有些人，在眾人面前文質彬彬，背後卻盡幹壞事，喪盡天良。

其實在京城的時候，李為就是這樣一個人。周宣就喜歡李為的率真，跟妹妹周瑩好上後，又完全摒棄了以往的性格。這不是裝的，而是有了心愛的人之後的轉變。在很多人眼中，這種轉變可以歸結成兩個字：「成熟。」

吃著魷魚絲，福貴又嘆了一聲，問了周宣一個奇怪的問題：

「兄弟，你有這樣的本事，為什麼不自己發展？不自己做老闆？難道你想一輩子給人家打工？」

周宣倒是沒想到，看似簡單的福貴也會想到這樣的事，看來要看透一個人，還真不是那麼容易的。你覺得似乎瞭解一個人的時候，說不定他就會幹出讓你無法理解的事來。

「呵呵，沒想過。」周宣笑了笑，回答著，「我只要有飯吃，有地方睡，有工作做，這樣就可以了，掙多少錢我並不奢望。」

福貴盯著周宣，然後又拖起周宣的手掌，仔細看了一下紋路，抬起頭說道：「兄弟，看你的手相，我覺得你不像是一個鄉下沒有文化的人，你對錢並不感興趣，我覺得你像是一個大家少爺，因為受到了打擊而離家出走的。」

周宣一呆，張了口說不出話來。

福貴當即又伸手拍了拍他的肩膀，笑道：

「別生氣，我只是瞎說，在船上沒事，不瞎侃幾句，又沒叫速食，這時間哪裡容易混過去？」

周宣這才鬆了一口氣，瞧福貴的樣子還真是隨便瞎說的，並不是當真，或許他做夢也想不到，自己真的是一個比他老闆玉長河玉家更加富有的一個富人吧。

以周宣現在的能力，如果只談賺錢的話，只要不擔心有太大的影響，隨便就能賺到錢，並不愁生活問題。

周宣在這條船上，喜歡的就是那種與世隔絕的日子，與極少人打交道的生活，這才是他離家出走後想要找的地方。

兩人也吃得差不多了，周宣看看福貴還在吃喝，就說道：

「福貴哥，我很貪吃，你帶來的這些零食味道很好，我可不可以拿一些到房間裏，沒事的時候吃吃？」

福貴當即把那些零食一推，說道：「儘管拿儘管拿，請你吃好的你不去，卻喜歡吃這樣的東西。放心吧，下次我帶更多給你，讓你出海後天天有得吃，這才花幾個錢？兩百塊的東西能讓你吃一個星期。」

周宣笑了笑，不客氣地在甲板上捧了一大堆，然後回到艙房裏面。見福貴並沒有跟來後，這才在自己房門上輕輕敲了敲，低聲道：

「玉小姐，玉小姐，是我，開開門。」

玉琪輕悄悄起身，把門開了一條縫，見確實只有周宣一個人，這才拉開了些。

周宣並不進門，在門外把那些零食遞給她，然後說道：

「你把門鎖上吧，不是我來叫門可千萬別開，切記，別弄出什麼響聲來。房間裏還放有一些泡麵和熟食，也有水，供你過幾天絕對沒有問題。」

玉琪點點頭。她這時的臉色平靜了許多，也沒有了之前的害怕，或許是一個人在房間裏想了很多吧。

要關上門的時候，玉琪又停了手，盯著周宣問道：

「胡雲，你不會出賣我吧？我哥可是會出大價錢給賞金的。」

周宣淡淡一笑，說道：「我才懶得理你們玉家的家事呢，我只是一個工人，做好我該做的工作就行了，你們鬥死鬥活，不關我事。」

玉琪氣惱地把門狠狠關上，發出一聲響，周宣驚了一下，趕緊跑出去，好在福貴以爲是他自己在關門，一點懷疑都沒有。

今天不能叫速食吃，福貴很沒意思，只能吃東西聊天。不過，跟周宣聊天還是很有趣，有些方面，他覺得周宣就像個什麼也不懂的少年人；不過在有些方面，他又覺得周宣是個神秘莫測的高人，遠不是他能所望及的。但總的來說，他還是覺得，周宣是個誠實又踏實的人。

有些秘密是不能說的，所以福貴也不怪他，就算是他自己，心中也有許多骯髒齷齪的事不能說的，每個人都有自己的秘密吧，不能說，不表示這個人就不是好人了。

玉二叔一行人終於姍姍來到。

玉強，關林，福寶，福山，老江，六個人在幾分鐘裏前後地都到了船上，這次船上沒有需要幹的活，趙成光早就請人做好了，只等開船。

玉二叔照例在甲板上燒香拜了海神，把酒倒進海中，看了看時間，離十二點還差五六分鐘，便對關林說道：

「關林，到駕駛艙準備好，十二點，吳德虎那艘船也要過來，這次是兩條船一起出海。」

這是玉長河安排的，先讓一條船跟著玉二叔他們這條船，先看看成績如何，如果這一次再滿載而回，那就表明胡雲的確有那樣的本事，就不再考核了。

吳德虎開的那艘船，也是玉家的產業，玉家四條船之一，之所以沒有讓另外兩條也一起跟著，還是考慮到漁穫的問題。本來出海的漁船都不會隔得太近，這肯定會影響到收成，雖然玉金山這條船上次一次打到五六百萬的收穫，但那也不能作爲別的船後面的支撐。

吳德虎本來一聽到這個命令，便有些不滿意，只是這命令是玉長河親自下的令，只得罷了，他下的命令比趙成光遠更爲管用，老闆自己說了，那即使他這一趟顆粒無收也不怕，自己只是聽了他的安排，有沒有收穫，由老闆自己負責，別人不用擔心。

接近十二點的時候，右前方的海面上便亮起了探照燈。一聲笛聲傳來，是吳德虎的那艘漁船到了。

玉二叔手一揮，叫道：「收板，啓程。」福寶趕緊去收了船舷上的橋板，玉二叔又到駕駛艙中去跟吳德虎的船聯繫，其他人都簇擁著周宣往艙中去。

第六十章

秘密武器

玉二叔已經交代下去了，不得說出胡雲的事。

這是他們船上的秘密武器。

玉二叔不希望別的船知道周宣的事。

最好是封鎖住一切消息，讓任何捕魚同行都不知道，

這樣的話，周宣便不會被別的船挖走。

當然，玉強是有些不自然，雖然靠周宣得到了一大筆獎金，但他可見不得周宣忽然冒起來，地位比他要高得多，甚至，周宣現在成了他們這條船上的權威。

如果今天這次出海又跟上次一樣，可以想像得到，以後周宣在這條船上就是說話如山了，包括玉二叔都得聽他的，更別說他和關林兩個人了。

到艙中後，福寶和福山已經擺好吃的，老江笑呵呵地道：

「今天算是給小胡擺個接風酒，今次就不玩牌了，反正大家都得了一大筆獎金，不缺錢。」

老江的話讓玉強有些不痛快，上次莫名其妙輸給了他們一大筆錢，心裏極爲不爽，回去跟關林兩個人研究了許久，最後認爲是運氣問題，手法上應該是沒有問題，所以不能怪誰。現在好了，每個人都發了四五萬的獎金，這一次要是出好千，哪怕詐到船上那些傻子一半的錢，那也是十幾萬的鉅款了。

關林和玉強兩個人本來都是興沖沖，雄心勃勃的，準備來一個大豐收，甚至連千牌也準備好了，但現在老江忽然說不玩牌了，他們心裏自然不痛快，又想找個機會再說說，不玩牌還有什麼趣味？

周宣雖然沒用眼睛看玉強，但異能卻沒有放過他。他一直注意著，看他的表情神態便知道，這傢伙和關林定然是又設好了局，不過，玩不玩他都不怕，如果要玩，那自己就會暗中出手，讓他們兩個再輸個大的，只要自己不贏錢就行了，再懷疑也懷疑不到自己頭上，如果不玩，那也沒事，就出海好好工作吧。

東海的大片海域因爲平均水深不深，也就才八十多米，所以水產極爲豐富，只是近代因爲打撈嚴重超標，海岸線污染又嚴重，所以跟往年不能相比，無論哪一種海產，都是越來越少了，加上現在又是冬季，枯季，打捕更是困難。

雖然枯季沒有什麼颱風等暴風雨惡劣天氣，但魚群卻著實稀少，每次出海打捕到的魚少得可憐。

當吳德虎知道玉金山玉二叔這條船上次出海，兩網打到了六萬多斤海魚和十二條虎鯊後，他的第一反應是絕不相信，因爲這在打捕史上都是個無法翻越的奇蹟；而且現在是冬天，是淡季，很少有魚群經過，以他幾十年的經驗來說，在這個季節，幾乎是沒有大遷徙的魚群會來到東海海域，玉二叔他們兩網打到六萬斤魚，根本是不可能的。

但他到玉家的海鮮製品廠交貨的時候，卻聽到趙成光親口說了這件事，證實是事實。十二條虎鯊便賣了近五百萬元。但真如他所說，會是兩網打的？還是他和趙成光合夥，兩人爲了搞績效，把別處收購的海魚轉到了玉金山的名下，說是他捕的吧？

這個確實也有可能，因爲對趙成光來說，收到多少魚就會給多少錢出去，錢不會少給，但記誰的賬卻無所謂。那麼多漁船，在海濱的海岸線，絕大部分漁船，漁家都是把魚賣給了玉家，所以，搞不好有可能玉二叔那條船打到的魚是別人名下的。

玉家四條船，另外三條船都不大相信這件事，剛好玉長河又安排了吳德虎的船這次跟玉二叔一起出海，考驗一下周宣的能力。

當然，玉二叔已經交代下去了，不得說出胡雲的事。這是他們船上的秘密武器。到了捕撈海域後，兩船隔得近，用無線電對講機來聯繫控制，吳德虎也不會知道周宣的事。至少是暫時不會知道。

玉二叔不希望別的船知道周宣的事。當然，最好是封鎖住一切消息，讓任何捕魚同行都不知道，這樣的話，周宣便不會被別的船挖走。

十二點開船，時間還未到，六個人就是吃吃喝喝，聊天打屁。玉強再著急也沒用。期間關林也來過，駕駛艙裏由玉二叔掌控，與吳德虎靠得不遠，兩船只間隔了兩百米，一前一後往深海行去。

到了夜深的時候，幾個人都睏了，福寶首先叫道：「睡覺睡覺，明天好工作。」只是吃喝聊天，確實引不起他們太大的興趣，或許只有賭博才能讓他們徹夜不眠，但玉二叔和老江吩咐了，這一次有吳德虎跟著，還是專心捕魚吧，別讓他抓到什麼話柄，那就沒意思了。

再說，每次玩牌，他們又哪裡贏過錢了？幾乎都是輸錢，除了上一次破天荒贏了一回錢外，之前可從來就沒贏到過錢，哪怕是小錢。

辛苦賺了錢，卻總是養了別人，換誰也不高興。而這次得到了跟年薪一般數目的獎金，興奮勁還沒過，要是這一次出海還能拿那麼多，那就真是做夢也會笑了。

玉二叔擺擺手道：「好好好，睡覺睡覺，休息好，明天好工作，大家各自回房睡覺吧，到了地點我再通知你們。」

等到眾人都離開後，玉二叔又盯著周宣。周宣磨磨蹭蹭地在後面，因爲房間裏還有一個玉琪玉二小姐啊，現在船也開了，事情也做下了，可別因爲這事鬧出大問題來，所以得小心點，別讓任何人發現。

玉二叔哪裡知道周宣腦子裏想的是這個問題？笑笑拍拍周宣的肩膀，說道：

「小胡，是不是有些擔心？別緊張，按照你上次的經驗來做就行了，這是淡季，也別強求，盡力就好。」

玉金山話雖然是這樣說，但心中的想法卻絕不是這樣。這一趟出海很關鍵，是讓周宣正式確定他地位和能力的時刻。玉金山之所以這樣對他說，只是安慰周宣，不想讓他太緊張而已。

周宣自然不是為了捕魚的事緊張，但仍然點頭回答道：

「好，二叔放心吧，我不緊張。」

玉金山點點頭，然後又問道：「那你決定我們到哪個海域捕魚了嗎？」

這個問題同樣很重要，玉金山一開始便沒有跟吳德虎說會到哪個區域捕魚，因為他也不知道會去哪裡，這得要周宣來負責。

周宣摸了摸頭，他確實還沒有想過，要他現在就說出到哪個確定的目標地點，他也沒準，因為他的異能不可能探測到哪個海區域有魚，他能探測控制的，也只有兩百米以內的距離，所以對碰到魚群的事，他也沒有把握，只能在海上漂到哪兒算哪兒，只有在路途中遇到魚群，他才能做決定，要他提前劃定捕魚海域，他可真說不出來，天知道哪裡會有魚啊？

想了想，周宣才回答道：

「二叔，這個你來決定吧，我也沒有把握哪個區域一定有魚，我看水有經驗，那只是在有魚群經過的現場觀察，碰到有魚群過路才有機會，要是隔著很遠，我也看不清哪裡有魚群，我真的沒有那個本事啊！」

對周宣的回答，玉金山雖然有點失望，但對周宣的說法是相信的。周宣一直就沒有吹牛過，如果是一直吹噓自己多麼有能耐，那玉金山或許就會懷疑和厭惡他了。

而周宣老實的回話，讓玉二叔十分欣賞，但沒有周宣確定的答覆，他的擔心也是免不了的。

不過，話又說回來，想想自己以前出海，也是沒有個準頭啊，決定到哪個海域附近，能不能打到魚，沒有哪個人敢保證。

玉金山當即又笑笑道：「別擔心那麼多了，到時候才知道，現在說那麼多也沒用，去休息吧，養好精神再說。」

周宣看得出來，玉金山安慰他也只是強顏安慰而已，心裏還是擔心的。

等到玉金山走後，其他幾個人也各自返回房間裏了。周宣這才慢慢走出艙房，在門邊又停了一陣。

房間裏有玉琪在，他又怎麼能進去？看來還是在艙房中躺一下算了，反正這時也沒有人在，如果有人看到了，就說自己睏了，就地睡了一下。

不過，周宣正要回去時，卻見福貴在他的門邊盯著自己，怔了怔問道：

「福貴哥，你怎麼還沒休息？」

「我就是看到你在門外猶豫啊，是不是不想睡？那我陪你聊聊天吧。」

福貴說著就走了兩步，又問道：「是到你房間裏還是到我房間裏？」

周宣趕緊直搖手，說道：「不了不了，我很睏，還是睡覺吧，明天好幹活。」

一聽到說幹活的事，福貴就精神起來，連連點頭道：

「好好好，兄弟，你可得再加把勁啊，讓老哥我也跟著發幾筆財，老房那個樣子，要是像現在這樣，半年後我就能買一棟新房子了，嘿嘿。」

周宣只是揮手道：「嗯嗯嗯，睡吧睡吧，明天幹活。」

福貴卻是看著周宣。周宣只得伸手在自己門上搭著，還不敢推，要是推不動，讓福貴知道是從裏面鎖住了，肯定會覺得奇怪。不過，周宣手搭在門上時，發覺門是鬆動的，心裏一喜，當即把門推開了一條縫。

回頭看著福貴，微微一笑，把身體在門上一擠，剛好擠到身體能進去的樣子，然後閃身進屋，對福貴又點頭示意了一下，這才快速地把門關上，反鎖了。

做完這一切後，周宣才轉頭瞧了瞧床上。

玉琪並不在床上，而是在門背後。剛剛她聽到福貴跟周宣兩個人對話，心知不好，趕緊把門鎖打開，又悄悄躲到門背後，所以即使福貴盯著房間，也是看不到她的。

周宣訕訕地笑了笑，然後低聲道：

「玉二小姐，沒辦法，你睡床上吧，我在地板上墊個毯子躺地下就好。」

現在這種情形，也沒辦法躲開這個地方了，只能兩人共處一室了。

玉琪自然不好意思跟周宣說要睡地上，房間這麼窄小，床也是單人床，床下面的空間也只剛好一個人睡在地板上，再沒有多餘的空間了。

周宣把床上的墊子抽了一張出來，然後放到地板上，接著就和衣躺下去，背對著玉琪說道：「玉二小姐，你睡吧。」

玉琪想了想，躺了下去，空氣很冷，只得把被子蓋上，那被子上儘是一股濃烈的汗味，聞著極不舒服，薰得她睡不著。

不過，把與周宣獨處一室的尷尬丟掉後，她馬上想起了自己目前的險境，還不知道怎麼辦呢？家裏人會不會知道這件事？二哥當真是那個幕後人嗎？他又會怎麼跟爸爸說？玉琪翻來覆去睡不著，心亂如麻。

周宣雖然背對著她，但在異能探測下，玉琪的情形盡在他的監控之中。玉琪一個女孩子，遇到這種事，確實會不知所措，如果換了一年前的自己，說不定還不如她。

靜了一陣，周宣輕輕拿出了自己的手機，把在岸上那個老大和老三與玉琪的說話錄音放了出來。

玉琪一怔，隨即坐起身來聽著，聲音很小，但玉琪聽得是清清楚楚的，直到最後一句說完後，玉琪表情激動，急急地問道：

「你……你怎麼錄到這個聲音的？」

問過以後，玉琪隨即就知道自己問了蠢話。周宣既然把她救出來了，當然是一直暗暗地跟蹤了她，否則哪有這麼湊巧？

不過，周宣給她的這個錄音確實是好東西，就算老爸玉長河不信，但至少是一個證據，要是再把這三個人抓到，讓他們再做口供，那就肯定容易得多了。

不管是不是二哥在背後指使，有這三個人在，就極有把握證明這件事的來龍去脈，清者自清，濁者自濁吧，反正黑的肯定不能變成白的，白的也不可能會變成黑的。

玉琪伸手來拿手機，周宣卻把手一縮，說道：

「慢著。」

玉琪詫道：「幹嘛？」

周宣這才回過頭來，淡淡道：「我也要生活啊，要花錢，要過日子啊，你不會連這點常識都不清楚吧？」

玉琪咬了咬牙，表情有些惱羞，說道：

「你到底想要怎麼樣？」

周宣嘿嘿一笑，說道：「哪有那麼好的事情？玉二小姐，你總得給點好處吧。」

「好處？」玉琪怔了怔，盯著周宣，見他一臉的嘲弄表情，怔了怔後問道：「你要什麼好處？」

周宣淡淡道：「這支手機是去年剛買的，花了三千多，加上這一趟救你的行動中的危險，怎麼也得給幾千塊的費用吧。」

玉琪呆了呆，惱怒起來，這不是趁火打劫嗎？當即惱道：

「好好好，不就是要錢嗎，要多少，我給，十萬，還是一百萬？」

玉琪很是惱火，雖然跟周宣不熟，但生死的境地中相伴過，無形中把他當成了最親近而且是可以信任的人，沒想到他現在竟然也跟她談錢要錢，這讓她無比的惱火，像是被人背叛了一般，心裏不能忍受。

其實，等到這件事情解決後，她又怎麼會忘了救她的人？這種感情又豈是金錢可以計較的？可以說，以後玉家能給周宣的報答肯定不低，但現在周宣竟先提了出來，那個意思就完全不同了。現在要錢，那跟在岸邊勒索她要幾百萬的歹徒有什麼區別？

周宣卻是淡淡道：「太多了，一萬塊就好。」

玉琪又是一怔，勒索去勒索來，卻只要一萬，未免又太出人意料之外了。

玉琪霍地一下坐起身，然後在身上摸了摸，但一分錢都沒有，包包早弄丟了，包裏的兩萬塊現金和銀行卡也早被那幾個歹徒拿走了。

玉琪惱了惱後，悻悻地道：「不就一萬嗎，先欠著，回去後我給你，一萬塊就鬼迷心竅了，拿去撐死你。」

周宣不理她，把手機遞了給她，然後背對著她又倒下去睡覺了，不過嘴裏卻是嘀咕著道：「欠著可以，不過得按銀行的利息付給我。」

玉琪幾欲氣暈了過去，呼呼地直喘粗氣，將頭擰了過去，不再瞧周宣。

這個胡雲現在給她的感覺與之前的印象截然不同，如此勢利，如此可恨，真的不想再理他。只是，現在是在船上，無處可去，要是不在船上，她一定扭頭離開這個地方，這地方又臭又髒，被子上儘是臭男人的氣味，難聞死了。

玉琪在一邊賭悶氣，周宣也不再跟她說話，倒頭背對著玉琪睡覺，當然，一下子是睡不著的，只是運了異能練習。

周宣當然也是故意這麼說的，他可不想再跟玉琪把關係走得太近，不想跟她們家有過多來往。跟玉家的人越近，對他就越麻煩，本來到這天遠地遠的地方，就是爲了逃避現實，現在自己救了玉琪一命，顯然已經超出了一般關係，不如跟她來點斤斤計較，扯上報酬金錢的關係，讓她對自己不再有那麼多好感，這樣比較好。

周宣忽然想到，自己跟玉琪這麼獨處一室，要是暴露出去，肯定不是好事，心裏倒是愁了起來，忍不住出手相救，卻是找了麻煩在身，不過，見死不救總也於心不忍。

只是當時似乎是沒想好方法，要是暗中把玉琪救回來就好了，爲什麼還要等到那幾個歹徒把玉琪扔下海後才救她呢？這事，確實沒考慮周到。

周宣一邊練習著異能，一邊把異能放出去探測著，這一帶的海底深度約有八九十米，因爲出海近一個小時了，離近海也不遠。

時間也才凌晨一點半的樣子，周宣練習著異能，精神倒是越練越好，按以往的經驗來看，光是練習異能是不容易睡著覺的，現在又沒有書，而且床上還有一個玉琪，在這麼一間緊窄的房間裏，總是感覺有些彆扭。

不過，玉琪因爲太累，又驚嚇過度，終於忍不住沉沉睡去了。雖然目前暫時解除了危險，但要殺她的人並沒有抓到，而且這件事情也沒有報警，說到底，她的危險並沒有解除，在數重壓力緊逼下，她的未來還是個未知數。

玉琪睡著後，聽著她時而快時而慢的心跳，周宣知道她是在做夢，肯定是讓今天的事給嚇的，都說日有所思，夜有所夢吧。周宣運起冰氣給玉琪改善了一下體質，探測到她呼吸平靜下來，熟睡了過去，這才運起異能探測到船下面的海水裏面。

這一帶海水中沒有魚群，零散的倒是有一些，但爲了這點魚撒一網肯定是不值的，這一網下去，就算有他的異能探測著，能達到最佳，但也不會超過千斤。

一邊練習著異能，一邊又探測著海水裏，這一次來的目的就是捕魚，在茫茫大海中，當然不可能得等到天亮後在海面上探測，夜晚也隨時都在探測著，機會也就大得多。

因爲是在夜晚，按照玉二叔以前的經驗來看，就是全速航行。

周宣閉著眼，異能幾乎是在下意識探測著海水裏的情形，腦子卻在休息著，這樣既得到了休息，又可以注意著航行經過的海水。

海中雖然漆黑一片，但對周宣來說，卻是沒有任何影響的，在異能探測下，跟大白天近距離瞧玻璃缸中的魚一樣，清清楚楚。

玉琪睡得很熟，在周宣的異能改變了體質後，也平靜得多了，而周宣也是在半夢半醒之中，用異能探測著海水。

差不多過了四個小時，凌晨五點半的時候，船裏玻璃窗外天色還沒明亮，冬天的白天時間短一些，夜晚長一些，差不多要到六點過天色才會明朗。

就在這個時候，周宣忽然探測到，有一大片魚正從海底中一條狹窄又深邃的海溝中竄出來，數量龐大。

周宣一驚，腦子當即清醒過來，霍地一下坐起身來，趕緊伸手輕輕拍了拍玉琪，低聲說道：

「玉琪，玉琪，醒醒，醒一醒。」

玉琪身子一顫，睜眼扭頭看到周宣，顯然沒反應過來，張嘴就要大叫。

周宣趕緊伸手捂住了她的嘴，然後低聲道：「你幹什麼？別嚷嚷。」

玉琪愣了愣後，這才完全醒悟過來，想明白後才在鼻中唔了唔，點了點頭。

周宣見玉琪清醒後，這才敢把她放開。

玉琪又伸手自己捂住了嘴，好一會兒才低聲道：「我睡著了，剛剛醒過來，什麼事都忘了，好險。」

周宣不理她，又低聲說道：「我要出去了，你把門反鎖了，千萬不要搞出什麼響動，只管繼續睡覺就好。」

「你幹什麼？」玉琪坐直身子，然後又問著周宣，瞧了瞧玻璃窗外，黑漆漆一片，天都沒亮，這個胡雲，這時候要出去幹什麼？周宣哪裡再理她，時機一閃即逝，不能耽擱。

這魚群跟上一次的魚群不同，前一次的魚群是隨著海底中的暖流過來的，但今天這次卻有所不同，海底的水溫變化不大，那些魚都是從海溝中溜出來的。

這一帶的海底地形可不像初出海那一次那麼平坦，彷彿丘陵地帶一般，一些高一些低的。

周宣一出門，就跑到駕駛艙叫道：

「二叔，玉二叔，馬上減速，我見到海水有變化，這兒一帶可能有魚，把速度減下來，我再看一看，然後才知往哪個方向。」

玉二叔正在打盹，關林在開著船。

聽到周宣的叫聲，玉二叔一下子驚醒了，怔了怔後才聽出是周宣的叫聲，馬上想起了任務，身子一彈，趕緊站起身對關林叫道：

「停停停，趕緊停下來。」

然後又對周宣道：「小胡，我們對講機保持聯繫，你趕緊辦你的事，我來開船。」

周宣拿了對講機，點點頭，也不客氣，趕緊出了駕駛艙到操控處。異能探測下，魚群正從海溝中竄出來，數量越來越多，而範圍幾乎漫延至三四百米寬。

魚群在水中的深度差不多在七十多米至八十米的樣子。周宣趕緊把對講機打開，然後說道：

「二叔，玉二叔，聽到沒有？」

「聽到聽到，船速我已經減下來了，你說。」

周宣趕緊說道：「吳德虎那艘船離我們有多遠？讓他趕緊開到我們這艘船的左前方一百米處，立即撒網。」

周宣說完，推上了撒網的閘刀，魚網嗖嗖嗖就從絞盤機上噴撒了出去，正在周宣異能探測下的最佳位置。

玉二叔在周宣通知後，也馬上聯繫了吳德虎那條船，把周宣通知的位置給他們說了一遍，讓他們趕緊到地點後立即撒網。

吳德虎一邊急速往玉二叔指定的位置開去，一邊問道：

「大哥，這大半夜的，天都沒亮，能看得到情況嗎？」

玉二叔悶聲悶氣地道：「你只管照做就行，其他的別問那麼多。」

吳德虎呆了呆，心裏堵了一下，玉家的四條船，說實話，這個玉金山的地位確實在他們之上，因爲他最得玉長河的信任，又是他們玉家自家一族人，沒得比。

但現在玉金山這種語氣，卻是讓吳德虎很不舒服，心想：黑漆麻烏的，你要我撒網我就亂撒好了，反正打不到魚又不用我負責，錢我照拿，責任你扛，倒也沒什麼不妥。

吳德虎在玉二叔指定的位置把船停下來，然後撒了網。不過，他的時機慢了一些。魚群在他撒網的時候，已經偏離了一些位置。到底不是周宣在船上自己指揮，自己控制撒網，通過遙控來指揮，畢竟要差了些。

而周宣自己那一網卻是在最佳時機和最佳地點網撒下去，幾乎都是魚群，而吳德虎那一網，魚群偏離了一些，只有二分之一的位置有魚。

不過就算這樣，這一網的收穫也不小了，按周宣的探測來估計，這一網至少也網到了一萬五千斤魚。而周宣自己這一網至少網到了三萬斤魚以上。

第六十一章

青出於藍

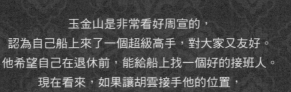

玉金山是非常看好周宣的，
認為自己船上來了一個超級高手，對大家又友好。
他希望自己在退休前，能給船上找一個好的接班人。
現在看來，如果讓胡雲接手他的位置，
那可就是青出於藍而勝於藍了。

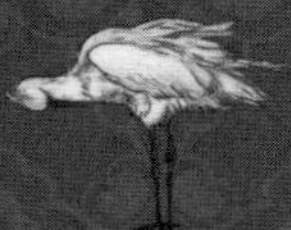

聽到周宣報告說撒了網後，吳德虎那邊也通知過來，說是按吩咐撒了網，現在只等著收網。

玉二叔當即用廣播通知了整條船上的人，福貴，福寶，福山，玉強，老江等幾個人都趕緊起床出來到甲板上。

周宣又推上了收網的閘刀，大網在絞盤的絞動中開始收起了網，另一邊，吳德虎也收了網。

幾分鐘後，福貴等人見到絞盤機上的繩子勒得嘎吱嘎吱直響，顯然是網到了重物，跟上次一樣，只要不是拖起了海底中的大石頭而是有魚的話，這一網的收穫可不小。

幾個人都興奮起來，要是這一網又是滿網的魚，那就又有大把的獎金可得了，巨額的金錢刺激著每個人。

半個小時後，天色漸漸開始亮了起來，網也收上船了，看著網裏堆積如小山一般的魚，活蹦亂跳著，一船的人都喜得咧嘴直笑，看來周宣還真是他們的福星，周宣也確實證明了自己就是一個捕魚高手。

兩艘漁船都停了下來，吳德虎那艘船上的船員們在見到網裏跳動不已的魚後，都不禁驚得呆了。

這一網至少有上萬斤的魚。對吳德虎他們來說，這麼多的魚，就是在旺季的時候，他們也沒在一網中捕撈到過。

而且，這一網是在黑漆漆的半夜中捕到的，這在吳德虎多年的經驗來說，幾乎是不可能的事，可是現在，卻是讓他網到了從沒有網到過的魚。

兩條船上的人是兩種心情，吳德虎船上的人是驚詫莫名，玉二叔船上的人卻是喜笑顏開，看來這一次的獎金又快到手了。

而且，這一次離上一次出海的地點只有五個小時的海程，而上一次在深海中卻是足足走了十二個小時。

周宣和玉二叔又一起到甲板上幫忙，這一網魚整整裝了三百七十筐，算重量，幾乎就是四萬斤。而吳德虎那條船上裝了一百七十筐，接近兩萬斤魚。

有活幹，船員們也都積極多了，平時要花兩三個小時的活兒，現在一個小時就幹完了。裝好魚收好網後，時間才七點鐘，天色已經大亮。

玉二叔笑呵呵地道：「小胡，我現在可以直接告訴你了，以後，你就是我們這條船的最高指揮者，船上的所有事都由你說了算，呵呵，大家有意見沒有？」

「沒有沒有，這還有意見，天理都不容了。」

「沒有意見，每次都讓我們賺大把的錢，誰有意見我就跟他急。」

……

眾人都七嘴八舌附和著，就算是玉強，心裏雖然妒恨，但也不得不承認，有周宣在船上，他們的收入就增加了好多倍，這可是最實際的。

以前就算他跟關林出千玩牌贏了不少錢，但福貴他們並沒有什麼錢，賺了他們一部分的薪水，數量卻遠不及現在得到的獎金，上一次出海，他和關林因為級別上稍高了些，獎金是五萬，比福貴他們高了一萬塊。

在以前出海，玩牌上得到的錢，不過是幾千塊罷了，兩人平分，一次也就兩千左右，哪裡能比得上數萬元的獎金？

玉二叔又說道：「小胡，還有，我現在通知你，你的試用期已經正式結束，以後，你就是我們這條船的一份子了。呵呵，我看天色剛亮，大家又幹了重活，就在甲板上吃東西喝酒吧。」說著，轉頭對福貴幾個人說道：「去把倉庫裏的食物和酒都拿出來，咱們好好慶祝慶祝。」

而另一條船，吳德虎那邊又傳話過來，詢問玉金山，現在要往哪去？是回去還是繼續航行？

吳德虎一問，玉金山也就順勢問了周宣：

「小胡，我們是繼續往深海航行，還是往回走？」

因為這一網打到了四萬多斤魚，按照他們這條船的容量，最多也就只能再盛放兩萬多斤魚了，上一次打了六萬多斤魚，便剩下五六千斤沒筐子放，最後只好堆放在甲板上了。

所以說，如果再前往深海，按周宣的能力，如果再一網三四萬斤，那船也容納不了。

周宣卻似乎沒有聽到玉二叔的問話，偏著頭思索著什麼。

其實周宣是分了心，他正用異能探測著海底裏，那條狹溝中有成百上千個大碗般的海蚌，而每只蚌裏都有一到兩顆很大的珍珠。

周宣的公司雖然是珠寶公司，但大多是金銀玉器，卻沒有珍珠產品，所以對珍珠的價格不太熟，對珍珠的認識也不太深。

不過見還是見到過不少。現在的珍珠，野生的海水珍珠極少，絕大部分都是由人工培養的淡水珍珠，因為人工培養，年數短了些，珍珠的體型也會小得多，基本上很少有大珍珠出現。

而周宣探測到的這些海蚌，每一個蚌體內中都有一兩顆體型不一的珍珠，只是周宣並不熟悉珍珠的價格。

而這些珍珠蚌藏身的海溝，深度大約在一百二三十米，這點深度對於周宣來說，那是小菜一碟，甚至完全不需要高檔減壓的潛水服。

不過，如果要下水的話，沒有潛水設備還是不好遮掩，而且現在是冬季，下水的話也會引起別人的猜測。除了專業的潛水運動員，或者是冬泳者，又有誰會在冬季下水呢？

不過，現在是三月中旬了，應該算是春季了，氣溫也不是那麼低，而且到了大白天後，太陽底下，還能說得過去。

周宣要想弄明白的就是，那些蚌，值不值得他潛下去打撈。

想了想，周宣便向玉金山問道：

「二叔，我想問一下，你們在東海打過珍珠蚌嗎？珍珠價格怎麼樣？」

玉金山怔了一下，沒料到周宣忽然問他這麼一件事。

打魚這麼多年，還確實沒有專門捕撈過蚌類，不過有時候漁網裏也曾網到過，但是蚌類都是生存在淺海中，深海中一般是很少的，而且蚌也喜歡在水溫較高的地方。

玉金山雖然沒有打過蚌，但對珍珠的價格卻略微知道一些。

「珍珠啊？一般要看野生還是人工培養的，因為人工培養用了一些人工手段，所以人工培育的珍珠很圓，而且顆粒大小都一般，幾乎沒什麼區別。人工培養的珍珠，經過精心挑選出來後，稍大的顆粒，顏色和質地都非常好的珍珠，一串項鏈六十粒左右的，會在兩萬元以上，當然，質地差的，幾十塊錢幾百塊錢的都有，價格不等。上佳產品，有幾十萬的也有，而最好最大的珍珠，是很難得的野生海水珍珠，直徑超過一點五釐米的野生海水珍珠，質地和顏色上乘的話，一粒就能值上百萬元的。」

玉金山說了這麼多，停了停，然後又說道：「當然，現在的野生海珍珠已經很少了，通常打撈到的珍珠蚌裏也沒有顆粒大的，不值什麼錢，但相對來說，野生蚌的珍珠是要比人工培養的珍珠值錢。你們都應該知道吧，珍珠是有極高藥用價值和美容功效的，這又以野生年限長的效果最好，所以，野生珍珠年份越長的越珍貴。」

人工培育的珍珠通常只養到三年，因爲又增加了一些催育的激素，所以人工珍珠的藥用價值要低得多。一般來說，珍珠直徑兩到三毫米的需要養三年，五毫米左右的需要六七年，八九毫米以上的需要十幾年，更大的年份則更長。

周宣並不懂這些，更分不清野生和人工培育的價值，但聽玉二叔說了，野生珍珠比較大粒的，只要成色好，一粒能值上百萬元，心想：海溝中那些大蚌中的珍珠不知道值多少錢，但異能探測到的這些珍珠，個頭的大小卻是比自己在賣場裏看到的珍珠都要大。

周宣心裏一動，心想，船上這一網剛剛打了四萬多斤魚，再去深海也不方便，不過航行的燃油又足夠，不如就在這兒停下來，自己潛下去把那些蚌撈起來，不管值不值錢，反正還有時間，也不會損失什麼。

只是要掩一下船上這些人的耳目而已，不過這些人都很好糊弄，找個適當說得過去的藉口就沒問題了。

「玉二叔，我以前在這樣的海域中曾發現一些野生的大蚌，裡面有珍珠，就是不知道值不值錢，我想反正我們有時間，既然已經打到這麼多的魚，就沒必要再到更遠的深海了，不如在這兒打撈一下，看看有沒有蚌。」

玉金山怔了怔，馬上搖頭制止道：

「這個可能不好辦，這一帶地形複雜，並不是如平原地帶那種地形，蚌類又是生活在海底，網下去如果到不了最底部，是根本帶不起來蚌的，而且蚌一般是生活在淺海的，在這麼深的區域，是不大可能有蚌的。」

周宣笑笑道：「二叔，我看到儲藏室裏好像有潛水設備吧？我潛下去看看，反正現在有時間。」

船上眾人都不禁嚇了一跳。

雖然他們是漁民，對於下水的事也不陌生，但漁民跟潛水捕撈者是有本質上的區別，他們船上有潛水服等普通潛水設備，只是爲了應付萬一的突發狀況。

潛水捕撈者那是專業的潛水者，他們的設備和潛水的行動都是固定的，而現在水溫又很低，並不適合潛水，而且這一帶的水深超過了一百米，一個人在深水中的受壓程度是經受不了這麼大壓力的，所以人人都反對。

周宣雙手一攤，說道：

「二叔，你們大家都不用擔心，我一直都是個潛水愛好者，在家經常做冬泳，現在的天氣又已經入春，緊接著就到夏季了，太陽也馬上就快要升頂，這個溫度實際上已經不低，我現在不潛下去心就癢，您就讓我潛一回吧。」

福貴在船邊看了看海水，起伏的波浪將船蕩得一起一伏的，於是皺了皺眉頭，說道：

「兄弟，我看還是……」

「放心吧。」不等他說完，周宣已經打斷了他的話，又回身到儲藏室裏取了一套潛水設備出來，脫了衣服，穿上潛水服，背上氧氣筒，然後戴上眼罩。

不過，船上的潛水設備都是最普通的，適合的下潛深度不能超過四五十米，也沒有水下通訊器。

周宣看到眾人都擔心著，就笑笑道：

「我以前經常潛水，這個小意思啦。還有，福貴，你去找一個小網子過來，用繩子繫好，我帶進海裏去。如果有東西，我就放進網子裏，然後你再接我上來。」

周宣已經決定了，福貴也就不再勸他，就到船艙裏找了一個三四米寬的小網出來。船上還有一個小絞盤機，上面的繩子解下來牢牢繫到小網子上。

周宣把小網子先扔到海裏，然後笑了笑，說道：「我下去了。」

說完，他就直直躍進海中，沒有搞什麼花式。

船上的人看著他入水的地方，都認爲這個胡雲有點傻，打到那麼多魚，還到海中潛什麼水？蚌有什麼可撈的？周宣自然是跟他們說不清的。

到海中後，水溫確實有點低，大約在十四五度左右，不過潛到二十米以下後，水溫又稍稍高了一點。

海洋雖大，但對周宣來說，遠沒有在地底下陰河中那麼恐怖可怕的。在地底下的深水河流中，一個不好就會被沖進去永遠也出不來了，而在海中，無論你怎麼游，都不會遇到那種情況。海中的兇猛生物也沒有那麼可怕，都在已知的範圍之中，周宣的異能完全可以應付。而水溫和深度，對周宣來講，完全就不是問題了。即使他徒手潛下去，也是沒有半點問題的。

周宣運起異能遍佈全身，又探測著身周四五十米的情況，一有危險他就會知道。現在的光線正好，正是八點多快到九點的早晨黃金時間，潛到海中四十米以下的地方，光線還不錯，不用異能，用肉眼也能看到。

周宣一手拖著繩子繫著的小網子，一邊下潛，身體上完全感受不到壓力，很輕鬆就潛到了七八十米處。異能探測到一些地方已經到底了，一些狹溝裏還有深度，不過周宣不會走冤枉路，直接往有蚌的那條深溝中游去。

那些魚群是從這條深溝中游出來的。周宣在進入深溝中的時候，光線一下子就暗了下來，深溝狹窄又深，剛進入的地方，寬度只有三四米，而深度有七八米。

越進去越深，異能探測下，狹溝遙伸向遠方，長度遠超出他能探測的範圍。深溝在四五十米遠的地方開始，就探測不到底了，想來這條狹溝應該超過了兩百米的深度。

看來這條海溝通向的地方，肯定是南邊，又因為海溝狹長深邃，上面的水流不容易流到下去，所以水溫要比溝上的溫度高。

一些怕冷的海中生物就潛到了海溝中，這是牠們的一條避風港。因為海溝雖然很深，但寬度只有幾米，這讓一些龐大的海洋殺手在這裏面就有些施展不開來，所以一些海洋生物都很喜歡這裏面，溫度夠，又夠安全。

在船上畢竟無法測到更深的地方，只有親身到了這裏後，才可以更真切地感受到一些情況。

一進入海溝中，周宣用肉眼便不能觀察了，只能用異能探測，光線幾乎隔絕。

海溝入口斜斜的坡度延伸向下。這近百米的溝中，有成百上千枚蚌，蚌殼上一圈一圈的紋理很明顯。這有些跟樹的年輪一樣。周宣猜想，可能這就是蚌的年齡，一圈痕跡就是一年歲月吧。

把異能運到極致，一邊防護著身周四五十米的範圍，一邊探測著蚌體內的珍珠大小，珍珠小的就不動它，珍珠顆粒較大的，就撿起來放進網子中。

拿起那些大蚌時，周宣能感覺到手中沉甸甸的，估計不低於四五斤，這麼大的蚌可還從來沒有見到過。而在這條溝中，這樣大的蚌至少有一百來個。

從紋路上來計算，這種蚌估計就有三四十年了，而那些小一些的也在十多年的範圍中，只是體內的珍珠顯然要小得多。

而這些較大的蚌內，珍珠差不多有數十粒，成形好的卻只有幾粒，頂大的只有一粒，直徑超過了一釐米。

網子要是拉到了海溝中，裝得太重就有可能拖不出去。而船上的絞盤機一絞動，網子一旦掛在岩石上，可能會被拉扯斷，所以，周宣只能把網子放在海溝上面，自己則一下又一下地從海溝到海底來回穿梭。

因爲反覆做同樣的動作，周宣在後面挑選蚌的時候要求就更嚴刻了一些，珍珠稍小的便丟棄不要，只選那些五十年以上的。

到了一百米遠的海溝中，蚌已經開始少了，越到深一點的地方，蚌的重量也越重了，體型也更大了些，只是數量卻是急劇減少。

到後面，海溝裏的深度差不多有兩百米深了。當然這也只是周宣的估計，沒有深水測度表，也不知道確切的資料。

現在，周宣遇到了蚌就搬走，因爲這個深度的蚌，每一個的蚌齡都超過了五十年之久，體內的珍珠也大。到這一帶後，蚌的數量就只能以個數論了。

再跑了兩次，蚌就差不多沒了。再探測裏面，深度更深，不過，就在前方又深了三四十米的地方，周宣還探測到一個體形更大的蚌，看樣子幾乎有小臉盆般大小。這麼大的蚌，周宣可著實沒有見到過。

在船上，他的異能探測不到這個地方，因爲這裏離海面幾乎超過了三百米，已經超出了周宣能探測到的極限，所以探測不到這個最龐大的蚌。

這個蚌的蚌殼上儘是一圈一圈的年輪，每一條殼輪上，還有些青色小苔蘚樣的東西，就跟鐵銹一般，應該是年份太久遠的原因。

周宣一邊探測著這個大蚌，一邊游了過去。

大蚌體內有一顆超過兩釐米直徑的大珍珠。這麼大的野生珍珠可太少見了，在周宣的記憶中，幾乎沒見到過這麼大的珍珠。

貝類珍珠跟其他類型的珍珠是不同的，是經過貝類生物慢慢生長出來的，所以越大的珍珠就越難尋，這個蚌，看年份應該是超過一百年了。

周宣有些奇怪，一個蚌，真能活到這麼長嗎？雖然難以理解，但周宣還是要把這一個蚌搬走。

現在，已經搬到網子裏的蚌，大概有一百枚之多吧。費時潛到海底，要不搬走這個壓箱底的大蚌王，可就算是白來這一趟了。

周宣慢慢游了過去。到了那大蚌處，因爲用手摸住了，就更能真切感覺到這個蚌的特殊。雙手用力抱起來後，這蚌的重量幾乎有十公斤以上，這麼大的海蚌可真是從沒見過。

周宣在抱起大蚌的時候，忽然感覺到危險，那是腦子中下意識的危險。幾條黑乎乎如長索一般的東西，突然從地下捲起來，一下子纏繞住周宣。

周宣在被這東西忽然捲住的時候，身體上有火辣辣生疼的感覺，又彷彿被電擊一般的難受，頸部也被勒住了，幾乎沒辦法呼吸。

這個襲擊很突然，那東西幾乎是忽然間從地下竄出來的，所以周宣一點防備都沒有。

周宣之所以沒有防備，當然不是異能探測不到，而是異能探測後，他的注意力都放在游動的生物上，這種伏在地底上一動不動的東西，他根本就沒注意到，當岩石一樣漏掉了。

被襲擊到後，周宣掙扎了一下，腦子中才醒悟過來，然後趕緊運起冰氣異能，將這東西凍結起來。

剎時間，那些纏繞在他身上的觸鬚觸角馬上被冰覆蓋住，身上雖然依然還被纏繞住，但壓力卻是消除了。

周宣把這東西從身上挪開，異能探測處，這才發現，這東西竟然是一隻龐大無匹的大烏賊。其觸鬚如人臂，上面儘是吸盤，難怪剛才被牠纏住的地方火辣辣的生疼。

還好自己反應快，又有異能，否則給牠一下子拖回去，塞進嘴裏嚼了吞了就麻煩了，這東西大到一定程度後，連鯊魚那般兇狠的海洋殺手都會害怕、都不敢招惹的。這條烏賊，體形至少達到了五六米，如果要吞掉一個活人，簡直小菜一碟。好在周宣的異能可不是牠能應付的。

現在，周宣只是用冰氣異能把牠凍結了，等冰凍解除後，牠還是活的，要是用太陽烈焰的能力解決牠，那這個大烏賊就會變成熟烏賊，或者是給化成烏賊灰了。

周宣喘了喘氣，在海溝中把大烏賊拖著往上面游，烏賊太大，海洋生物觸鬚又多，周宣頗用了些巧勁，借著海水的浮力，這才艱難地把牠從海溝裏拖出來。

要是在陸地上，那可就拖不動了。

這一次把大烏賊拖到海溝上面後，周宣累得出了一身汗。不過又想到，自己下海來可是不短時間了，這套普通的潛水設備和氧氣瓶只能支持一個小時，自己下來只怕是已經超過了一個小時。

周宣一想到這個，趕緊把大烏賊拴到網子上，然後盡力往海面上浮去。

因為完全不必顧慮壓力的事，所以周宣在往海面上游的時候速度很快，比起一般的潛水好手要快得多，這並不是說他的游泳技術比他們好，而是因異能護體的原因，承受力要比他們強得多。

過了一個小時。在船上的人都等得焦急不已，好端端的，這個胡雲卻硬要潛水下去，這一下可好，他下去一個多小時了，卻還不見蹤影。尤其是玉金山和福貴兩個人最是擔心。

玉金山是非常看好周宣的，認爲自己船上來了一個超級高手，對大家又友好。他是以打魚爲生的，當然希望自己在退休前，能給船上找一個好的接班人，讓大家好過。現在看來，如果讓胡雲接手他的位置，那可就是青出於藍而勝於藍了。

而福貴則是因爲剛剛交了這麼一個好友加靠山，很開心，要是忽然間又消失了，那可是真不舒服。雖然他也識水性，但不是潛水能手，在這個季節，可不敢下水。

周宣這一下去就是一個多小時，又沒有水下通訊器，船上的幾個人雖然不明說，但臉上的表情顯然都有些黯淡，在他們看來，這個胡雲，百分之九十是凍死淹死了。

玉二叔懊悔得不得了，早知道就該阻止胡雲下海去，現在可好了……可又沒有哪個人敢下水去探查，只能等待。

玉金山看了看表，說道：「再等五分鐘，如果胡雲還沒有上來，就先把網子拉上來。」嘴裏雖是這樣說著，玉金山還是猶豫了一下，沒有說出「再過半小時還不見胡雲上來，就開船」的話，總覺得心裏不忍，很難受。

就在他心裏堵得慌的時候，船舷外，幾米處的海水「嘩啦」一聲響，把眾人都嚇了一跳。因爲根本沒想到會有人冒出來，大家在心底裏已經當周宣不可能出來了。

畢竟時間太久了。儲藏室的潛水器氧氣瓶只能供氧最長一個小時，在水中，哪怕是超過只有幾分鐘，也沒有人能夠不呼吸吧？現在超過半個多小時了，就是潛水再厲害的人，也不可能在水底下待半個小時不出來吧？

不過，眾人呆了呆後，隨即驚醒過來，趕緊到船舷邊看，只見海水中冒出來的，是個穿戴著潛水服的蛙人！想也不用想，肯定是胡雲了。

福貴激動起來，首先伸出手叫道：

「小胡，兄弟，是你嗎？趕緊上來！」

說著，他用手拉住了周宣伸出來的手，然後，福寶、福山都伸出手來幫忙，三個人把周宣拖上了船。

等到周宣把眼罩取下來，眾人這才清楚地看到，果然是他。

周宣把潛水服氧氣瓶都脫下來，抖了抖身上的水珠子，笑笑道：

「二叔，把繩子絞上來吧，我都把蚌放到網子裏了。」

玉金山呆了呆，這才想起周宣下去是要幹什麼的，趕緊招手對玉強道：「玉強，開閘，把網子絞上來。」

福貴趕緊又把周宣下水前脫下的衣服褲子拿過來，急急地道：

「兄弟，快穿上吧，別凍壞了。」

這時太陽當頂，溫度很高，周宣一邊穿衣，一邊笑笑道：

「這種深水蚌，我以前沒見過這麼大的，不知道有沒有珍珠啊！」

玉二叔嘆道：「不管有沒有珍珠，以後可別再幹這樣的事了，省得讓我們在船上擔心。」

周宣笑了笑，沒有說話。

玉強開動了絞盤後，絞盤機絞得很輕鬆，因為網子很小，才數米寬，就算實打實裝滿了網，那也沒有多重，最多不會超過三四千斤。

那百來隻蚌，一共也只有五六百斤，倒是那條大烏賊，可能有數百斤重。

周宣一想到烏賊，當即又說道：

「二叔，我在下面遇到一條大烏賊，我把牠捆到網子上了，當時可能打到這條烏賊的要害了，牠好像被我打昏死過去了。」

第六十二章

超級皇冠

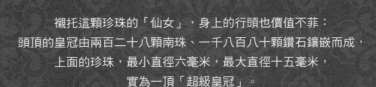

襯托這顆珍珠的「仙女」，身上的行頭也價值不菲：
頭頂的皇冠由兩百二十八顆南珠、一千八百八十顆鑽石鑲嵌而成，
上面的珍珠，最小直徑六毫米，最大直徑十五毫米，
實為一頂「超級皇冠」。

「烏賊？」玉金山又怔了怔，然後也沒當一回事，能被人打量的，那就肯定與「大」沒有太大關係了。

如果真是傳說中那種大海烏賊，人稱「鬼烏賊」的那種，可是大海中最恐怖的殺手之一，就是鯊魚也不敢輕易招惹，如果有潛水的人遇到了，那幾乎就是九死一生的事了。

絞盤機花了五六分鐘把小網子絞了上來。當網子露出水面後，眾人見到網子外邊掛了一條五六米長，體形龐大的烏賊，不禁嚇了一大跳。

這麼大的烏賊，人遇到後可是極度危險的事情。這種烏賊攻擊性極強，又極具殺傷力，遇到人或者動物，一般會主動攻擊，大烏賊鋒利的牙齒可以將對手在極短的時間裏嚼個粉碎。

可是這條烏賊軟綿綿的，一點動靜都沒有，其中的兩條長觸鬚給繞成圈繫在網子上，而網裏面又裝了黑壓壓的大蚌，每一個都像大碗一樣。

絞盤機把網子完全絞上甲板後，眾人趕緊圍上前，福貴幾個人先把那大烏賊解下來，兩個人用力一拖，竟然拖不動，三個人才總算拖動了。

福貴幾個人拖到一邊後，又甩了甩手，深吸了一口氣道：

「這大烏賊好冰啊，簡直就像是從北極大冰庫裏取出的冰塊一樣，這哪是大烏賊，是大冰塊吧？」

周宣對這大烏賊用的冰氣異能稍稍強了些，大烏賊太具攻擊性，他可不敢怠慢，哪怕現在是在甲板上，可要是牠完全蘇醒過來，對人還是一樣有極大的危險性。

周宣不知道現在要怎麼處理這個大烏賊才好，想了想，就問玉金山：

「玉二叔，這大烏賊被我砸傷了神經吧，好像是不動了，可要是等一會兒醒轉過來要怎麼辦？有沒有鐵籠子把牠關起來扔到池子裏？」

「有。」玉金山點點頭回答著，然後指了指池子那邊的方向，「池子裏有鐵籠子，是專門用來關鯊魚等兇猛的海洋生物的，上次那些虎鯊沒有用，池子裏本來就隔著鐵欄的，不過烏賊的身體有伸縮性，跟虎鯊不同，虎鯊是不可能逃出去的，但大烏賊就不一定了，也許能逃出去，用這個鐵籠子就沒問題了，鐵籠子的欄杆間隔極小，就是半斤重的魚也穿不過去，這大烏賊就算是練了縮骨功，也是穿不過去的。」

周宣笑呵呵點點頭，說道：「好，那就扔到那裏先關著吧，小心這傢伙醒過來，我可是差點被牠攻擊到了。」

別人不知道，玉金山可是有些奇怪，這種大烏賊以前他也見過一次，不過體型沒有這個大，要小一些，而且兇殘得很。

在海中，要活捉這麼一條大烏賊，幾乎是不可能的事，活捉到鯊魚的可能性都比活捉烏賊的可能性大，能捉到這樣大烏賊的，還真沒聽說過。周宣是怎麼砸到了這大烏賊的神經軟肋的呢？跟天上掉餡餅砸到頭上的機率差不多，倒真是奇了。

不過，玉二叔也只是這樣想了一下，隨即就趕緊安排別的事了。

福貴幾個人抬著那大烏賊放進鐵籠子中，周宣為了不讓他們把注意力放到自己身上，當即又運起異能把大烏賊身上的冰凍解除了。

因為鐵籠子已經沉入到池子中了，被海水浸泡著，那大烏賊粗如兒臂的觸鬚忽然伸出來，一下子就把福寶纏住，然後往池子裏拖。

福寶嚇得大叫一聲，拼命掙扎。

周宣裝作上前幫手，冰氣異能稍稍把大烏賊一凍，那觸鬚就軟了，從福寶身上鬆軟下來，幾個人趕緊退開了些，再也不敢到池子近前。

周宣笑道：「看吧，那大烏賊不好惹，要趁牠不備，一下子打中牠的頭部神經處，就能讓牠麻軟。」

聽周宣說得這樣簡單，福山幾個人都有些奇怪，大烏賊的腦袋又在哪個部位？

周宣不再說這事，又帶他們回到甲板網子處，準備來清理那些大蚌了。

不用玉二叔下命令，福貴等五六人一起動手，把百來隻大蚌都拿出來擺到甲板上。

周宣又對玉金山道：「玉二叔，我有個私人請求。」

玉金山擺擺手道：「還什麼請求，說吧，只要我辦得到的，在我能力範圍以內的，都沒問題。」

「就是那個最大的蚌，我想我自己要，其他的歸船上公有。那只蚌裏的珍珠，我想留下送給家人。」

周宣說了自己的想法，那個最大的蚌裏的那顆大珍珠，直徑超過了兩釐米，這麼大一顆珍珠，的確是很少見，周宣想留下來，以後送給盈盈。雖然自己離家出走離開了她，但心底裏卻總是想著她。

「這有什麼問題？」玉金山愣了愣，隨即又說道：「這是你用命換來的，就是你全部要去，那也沒問題啊。你都捕到了這麼多魚了，工作已經做得極好了，要蚌的事，你又何必跟我說？」

周宣淡淡一笑，隨即搖搖頭，低頭把那個最大的蚌搬到身前，然後找了一把梅花刀，把這個大蚌撬開。

這個蚌在沒有水的甲板上，體形個頭看起來尤其大，像個臉盆一樣，挺嚇人的。周宣在海水中搬動牠時，只是大約估計牠的重量，畢竟海水有浮力，不準確，現在用手搬了搬，估計可能有三十斤以上，這麼重的蚌，可真是聞所未聞了。

而其他的那些蚌，每個也差不多有五六斤。每個人都過來開蚌。

這些大海蚌的殼都很緊，大家都用了很大力才扳開。

扳開來後，蚌裏面現出了數十粒珍珠來，呈耳朵形狀散開，排在最前面的一顆珍珠最大，後面的一顆接一顆的略小些，最後面的珍珠，就是一些白色、小一點的了，看來還在成長中。

福貴等五六個人開的蚌裏，一顆最大的珍珠直徑差不多有一點五釐米。玉二叔一見到那顆大珍珠，當時就驚住了，屏住氣，小心拿起來仔細觀看著。

這一看，玉二叔震驚不已。

他雖然對珍珠沒有研究，但在海裏也撈得到海蚌，曾經得到過一顆一點二釐米直徑的珍珠，賣到十六萬的價錢。

而且，玉金山知道，幾年前，廣西北海有漁民打到過一隻海蚌，剖開後，裏面有一顆直徑爲一點一二釐米乘以一點五五釐米大的珍珠，這顆珠珠，是目前國內最大的一顆海水珍珠，後來被商人以兩百萬元的價格買走了。

這個商人請高手匠人做了一尊名爲「珍珠仙女」的白色雕塑，手上托著的，就是這顆圓潤飽滿的海水大珍珠，被人稱之爲「南珠王」。

襯托這顆珍珠的「仙女」，身上的行頭也價值不菲：頭頂的皇冠由兩百二十八顆南珠、一千八百八十顆鑽石和十八K黃鉑金鑲嵌而成，上面的珍珠，最小直徑六毫米，最大直徑十五毫米，總價值爲六百萬元，實爲一頂「超級皇冠」。

現在，甲板上剖開的蚌裏，最大的那顆珍珠差不多有一點五釐米的直徑，也就是說，這一顆珍珠就能值兩百萬元，而他們六個人手中已經有了六顆這樣大的珍珠，就憑這六顆，就值一千多萬元了。

玉金山呆了呆，然後又回頭望著一甲板的蚌，這麼多，差不多一百隻上下，如果每一隻蚌裏都有一顆這般大小的珍珠，那得值多少錢啊？

一百顆這麼大的珍珠，就算值不上南珠王那麼高的價值，那也應該低不了多少，一百顆，怎麼也要值一億的現金。玉金山打了一輩子的魚，還從來沒想到會有這樣的際遇。

其他人，福貴、福寶、福山、玉強、老江這五個人，對珍珠不太懂，也沒買過，自然不知道真正價值。在沿海一帶，倒也是見過人工培育珍珠的養殖廠，那些珍珠沒這麼大，做成珍珠鏈子，一串成色好點的，也能值上千元，但如果說他們手上的珍珠能值百萬的價錢，可就著實沒想到了。

就在玉金山發愣發呆的時候，周宣用梅花刀把蚌殼弄開了一條縫，然後把一雙手指塞進去，一左一右一用力，「嘿」的一聲，一下子把大蚌殼扳開來。

嘩的一下，那大蚌裏滾落了幾粒珍珠出來，不過都不是大的。

最大的一顆還在蚌裏面，周宣用異能探測得清楚。

這顆珍珠不是很圓，但直徑絕對超過兩釐米，其他那些珍珠比起南珠王來說，還略微小了一點，而周宣這一顆，則比南珠王大了不少。

玉金山指著周宣手中的珍珠，喘了一口氣，然後哆嗦著道：

「小……小胡……小……小心……」

說了半天，要說的話還是沒能說出來。

周宣沒有馬樹那樣的讀心能力，所以不知道玉金山是什麼意思，當即問道：

「玉二叔，怎麼了？要小心什麼？」

玉金山喘了幾口大氣，好不容易才平息下來，說道：

「小……小心別把你手上的珠子摔壞了，那可……那可是……值好幾百萬啊。」

「值好幾百萬？」福貴等幾個人都嚇了一跳，手上捧著珍珠的手也哆嗦起來。

玉金山又驚道：「別摔著……你們手上的也值一百多萬啦。一顆珠子就值一百來萬，摔了，一百來萬就沒了。」

玉金山這幾句話不說還好，一說，把福貴他們嚇得不行，手更哆嗦了，趕緊把珠子放回到蚌肉上面，一個個臉都煞白。

周宣倒是沒那麼驚訝。他手上的這顆珠子只值幾百萬，就算值幾億，他也不會太激動，金錢對他來說，已經沒有了吸引力，他所想的，只是把這顆珠子做成飾品送給盈盈。有價值的東西，周宣自己手中多的是，隨便找一樣出來，或許都要比這顆珠子的價值更高。不過，對福貴那些人來說就不同了，他們平時的工資就只有幾千塊，上一次出海，因爲周宣的關係而讓他們得到了四萬塊的獎金，這比過年還要高興，上一次出海打到五六萬斤海魚，又有十二條虎鯊，這已經讓他們歡喜到暈。

而這一次，還在黑夜中就撒網打到了四萬多斤魚，怎麼也沒想到，又白白得了這麼多珍珠！

依現在的情形看，他們剖開的蚌裏，一顆大珍珠就值上百萬元，而這甲板上可是有上百個大蚌啊，這個刺激，可真是無與倫比啊！

周宣雖然不驚訝自己這顆珠子的價值，但對自己撈上來這麼多蚌來，而且按玉二叔說的，這些蚌裏的珍珠能值到一億左右，倒是有些意外。

打到足夠的魚，自己的工作就完成了，今天又打到這些珍珠蚌，未免太招搖了，自己本想安靜地在海上工作，這樣的話，顯然是事與願違，想平靜生活都難。

看來這次以後，自己得把出海的收成降低，別搞得太多太好。何況，那也是白白便宜了玉長河一家，沒啥意義。玉家得到的再多，還不如讓福貴幾個船員得到多一點，他心裏還舒服一些。

老江激動地跑到船艙裏，找了一隻小箱子出來，在箱子裏面墊了厚厚的棉布，讓大家把珍珠放到裏面。

跟著，六個人又開始剖其他的蚌了。剩下那些蚌裏面的珍珠，只有一顆最大的，不過都跟之前剖出來的幾顆相差不大，就像孿生的一樣，沒什麼區別。

由於剖得太多，玉二叔又讓福山去拿了幾隻筐子過來，把剖過的蚌肉取出來，裝到那些筐子裏面。

蚌肉可是比海魚貴多了，這上百隻蚌，剖開後的蚌肉至少也有兩三百斤，也能值個上萬元。不過現在，上萬元對於玉金山他們來說，已經就不算什麼了。

把大蚌全部剖完後，老江在箱子邊仔細清數著，一共得到了一百零九顆大珍珠，小珍珠不計其數。這當然不包括周宣那顆最大的珍珠。

周宣早跟玉二叔說了，那個大蚌歸他私人所有，所以那顆珍珠就歸他了，也沒人再問起。而周宣也只要了那顆大珍珠，蚌裏的其他小珍珠都沒要，一起放到了箱子裏。

箱子裏百餘顆脂白的珍珠煞是可愛，幾個人都看得呆了。

就這麼一百零九顆珍珠，小箱子還沒裝到一小半，但價值卻已過億。而周宣也說了，他只要那個大蚌裏剖出來的一顆大珍珠，其他的珍珠都不要，這也就是說，跟那些海魚一樣，這些珍珠也是屬於老闆玉家的了，那麼，他們同樣可以拿到一大筆獎金了，雖然不知道是多少，但想來是要比上一次的獎金高吧？

上一次的總收入是近六百萬，獎金是四萬，這次的總收入現在不太明確，但如果依玉二叔所說，能值一億以上的話，獎金應該是上一次的二十倍，一個人就能拿八十萬以上吧。

所以，福貴他們尤其激動，如果拿到這麼高的獎金，那麼買房子的夢想幾乎就可以實現了。

不過，想法歸想法，能不能真值那麼多錢並不確定，一切還得等到回去後，由玉家的老板請專家確認後，才知道到底值多少錢。

而到底會給多少獎金，這個也不是他們能決定的，會不會按上次的標準來給，誰也不敢肯定，老闆的心思，誰知道呢，說不定比上次給的還少，這也有可能。

畢竟給多少獎金，從來沒有明確規定過，這幾年也從沒有打撈到超過標準定額的魚。

把一百來隻蚌處理完後，小一些的珍珠差不多有二十多斤，玉二叔讓福山燒火鍋湯，然後煮蚌肉，又讓福貴、福寶取啤酒和白酒出來，就在甲板上慶祝。

另外，玉金山又通知吳德虎那條船全速返航。雖然吳德虎那條船隻打到近兩萬斤魚，遠沒到飽和程度，但相對來說，比起這幾個月的出海收成，這一次還是算多的。

當然，玉金山這條船就不同了，魚有四萬多斤，也算是大收穫，還有珍珠，那更是超級大收穫，無法形容。

對於玉二叔和福貴這些船員來說，已經沒有一個人還想留在海上的，都想著趕緊回到岸上，鑑定這些珍珠的價值。即使再留在船上，他們也沒有心思幹活了，玉金山自己也是這種想法，所以乾脆回程。

兩條船一前一後相隔了幾百米遠，都是開足了馬力，全速返航。

來的時候花的時程並不長，只有五個小時的海程，這時返航，應該能在天黑前返回。

這一次出海，一來一回不到兩天，中間還撒了一網，這真是個奇蹟。

玉金山等人知道這是奇蹟，也都知道這份功勞是周宣的，而吳德虎他們就不清楚了。長河和玉金山等人都沒跟他說明，只是讓他跟著玉金山的船一起出海。

不過，吳德虎確實很奇怪，對玉二叔也不是不熟，可是今天的事卻很神秘的樣子，莫名其妙讓他跟著這條船來，又不說原因，然後又在黑夜中撒網打魚，卻驚人的打到了一大網魚，所以一直迷迷糊糊地搞不清楚，現在，幾乎海上的所有事都讓他想不明白。

周宣這邊，玉二叔興奮地跟著喝酒吃蚌肉，周宣還從來沒吃過蚌肉。

這些蚌肉很鮮美，而且根本不用擔心蚌肉貴，現在幾大筐任由他們吃，怎麼吃也是吃不完的。珍珠有很高的藥用價值，珍珠是從蚌裏生長出來的，蚌肉中自然也就含有很高的營養成份了。

就在他們吃得興高采烈的時候，忽然間，周宣對面的福貴詫異地伸手指著他們背後，張大了嘴說不出話來。

周宣背後是船艙的方向，玉二叔嘿嘿笑道：

「福貴，你這是什麼表情？看到鬼了啊？」

福貴臉一紅，又是口吃地道：

「二叔……是……是是……」

「廢話！」玉二叔惱了一句，然後回頭瞧了瞧。

幾個人也都回頭瞧了過去。

這一回頭，眾人包括周宣的表情都呆滯了。

在船艙門邊站著一個女孩子，咬著嘴唇，喉嚨骨碌骨碌直響，顯然在吞口水。

眾人呆怔著，玉金山「哦」了一下，然後脫口而出，叫道：

「玉琪，你怎麼會在船上？」

這當然是其他幾個人同樣想問的話，不過只有周宣不想問，他想的是，玉琪怎麼會不顧後果地跑出房間來？

她這個樣子，應該不是在夢遊吧，看樣子人是清醒的，只是，清醒的人怎麼會幹出糊塗事來呢？

不過，周宣可不敢問，現在得先看看後果再說。

玉琪咬了咬牙，然後才說道：「二叔，我快餓死了，能不能讓我吃點？」

周宣很是惱火，房間裏不是給她留了那麼多吃的嗎？怎麼就快餓死了？

其實，玉琪是給煮蚌的香味弄醒的。本來她在睡大覺，聞到香味後醒了過來，實在有些忍不住了。在房間裏吃的儘是些泡麵罐頭，悶得很，又覺得船上的人她都認識，不會害她，所以一咬牙便出房間了。

周宣只是叫苦，心想著，現在要怎麼來跟玉二叔和船員們解釋。

玉金山呆了呆，然後點點頭，說道：「哦，來吃吧。」

玉琪是玉金山的侄女，是老闆的親生女兒。玉金山是看著她長大的，所以自小便疼這個侄女，在長河大哥的四個兒女中，玉金山最喜歡的就是這個玉琪，覺得她要比玉長河的兩個兒子都要心地好些。

玉琪還真是餓了，那些速食品著實沒味道，房間裏又悶，待不住人，現在玉二叔也沒詰問她，她便來到小桌子邊坐下，拿了筷子就吃，沒有半點客氣。

蚌肉本來就很鮮很好吃，更別說這種深海中的老蚌了。

玉琪吃了一陣，忽然筷子一停，側頭瞧了瞧眾人，因爲她發現只有她一個人在吃，就有些奇怪。

抬起頭後，玉琪發現桌邊的七個人都是瞪大了眼睛盯著她，不禁有些不好意思，停了下來說道：「吃吧吃吧，你們也吃啊，別都只看著我一個人吃！」

其他人自然不是看她吃東西奇怪，而是驚奇她怎麼會到船上來的。

到底因爲是自家人，又是老闆的女兒，玉二叔呆了呆後，想起了要問的話來：

「琪琪，你怎麼會到了船上的？」

玉琪的眼光在周宣處掠過，周宣沒有抬頭，但異能是探測著的，玉琪看向他的時候，那種感覺如刺在頭皮一般的難受。

玉琪收回了視線，淡淡道：

「二叔，我在家太悶，所以想出海解解悶，又知道你不會答應，要是讓我爸知道了，就更不會答應，所以，我在你們上船之前偷偷溜到船上藏了起來。」

玉二叔是何等人？玉琪的話雖然讓別的人半信半疑，但他卻是半點也不信。從玉琪的表情就能看得出，肯定還有其他原因，或許這話是在替別人掩飾吧。

男大當婚，女大當嫁，女孩子大了就會戀愛，就會有心愛的人，會不會是船上有她喜歡的人，所以她才跟著到了船上？

因為在沒有船員到船上時，船艙都是鎖起來的，根本不可能進到裏面，只有船員到了後才有可能藏到船上，但這說明，船上有人跟玉琪一起演了一齣戲，現在要知道的就是，那個人是誰呢?而且，找出這個人後，他又要怎麼處理呢?

當然，玉金山還得替玉長河考慮，以玉家的身分地位，玉長河自己會是什麼態度?考慮了一下，玉金山不動聲色地說道：

「琪琪，算了算了，先吃東西吧，別餓著了，船上是有些老規矩，但只是那麼一說，你也算是這條船的老闆，當然不用遵守那種規則了。」

玉金山無形中把玉琪闖上船的事給淡化了，確實也是，她是玉長河的女兒，溜到了船上他也不能怎麼樣，這也不是違法犯了死罪的大過。再說，這裏面肯定還有其他的隱情，只是他不會在眾人的面前問出來，把事情弄到不可收拾的地步。

周宣在一邊是悶不作聲，玉琪任性地跑出來，雖然說出的理由把他的責任撇清了，但在老練的玉金山手中，多半還會問出破綻來，玉金山目前平靜的樣子就不是個好信號。

玉琪沒有說出她藏身在哪一個房間。這是漁船，不像油輪客船有那麼多的房間，要藏身也難得多。想也想得到，船上的人必定有一個是玉琪的同謀，玉金山在考慮著，這個同謀跟玉琪的關係究竟到了什麼程度，然後才能決定以什麼樣的方法處理。

玉琪看著桌邊上放著的小盆子，裏面是一盆洗得乾乾淨淨的肉，只是顯然不是豬肉之類的，嘴裏也吃了不少，很鮮很好吃，看起來好像也不是魚，吃了好幾口，居然沒有一根刺。

「這是什麼肉啊？挺好吃的，聞起來特別香。」

福貴當即說道：「這是蚌，珍珠蚌的肉，我們剛剛從蚌裏面取了很多珍珠出來。」

因爲玉琪的特殊身分，福貴他們雖然覺得玉琪跑到船上的事很唐突，但也沒有太大的問題，都是她們家的產業，主人家想怎麼樣，那還不是她自己的事？

「嗯，難怪，很好吃。」玉琪點點頭回答著，蚌肉，她還確實沒吃過，在海鮮店吃過很多種類的魚，像這一類的，只吃過生蠔，可是那味道跟這珍珠蚌的味道截然不同，所以她感覺不出是什麼肉。

船上的人，除了周宣跟玉琪認識的時間很短之外，其他人卻都很熟，所以驚詫過後，沒多久便熟絡起來，一起吃喝說笑，忘記了別的事。

吃了一陣後，玉二叔瞄了瞄玉琪，然後裝作漫不經心地道：

「琪琪，吃飽了，就到二叔的房間裏睡覺休息，到岸的時候二叔會叫你，跟我進去吧。」

福貴等另外幾個人自然不會覺得奇怪，玉二叔跟玉琪是叔侄關係，關心她自然是沒有好奇怪的，而且玉琪又是女孩子，在全是男人的漁船上，當然是要更添幾分關心才對。

但周宣卻知道，這是玉金山要詢問玉琪，要套她口風的時候了。

玉琪吃飽了，看著玉金山的表情，心中也明白，當即溫馴地點點頭，站起身跟著玉金山到船裏。

玉金山又吩咐福貴他們：「你們繼續吃，我安排好琪琪後就來。」

周宣忙運起異能探測著，看玉琪會怎麼樣對玉金山解釋。

玉金山的房間大得多了，有周宣他們這些船員的房間三倍大，除了一張單人床外，還有一些別的用品。

到房間後，玉金山指著床道：「就在床上坐吧，琪琪，我得問你一些話，希望你老老實實的回答我。」

玉金山眼神嚴肅起來，停了停後才問道：

「第一件事，我想弄明白，你是跟哪個船員上船的？你也別瞞我，沒有人幫你，你是不可能藏身到船上的。」

玉金山不愧是老經驗，幾句話就把重點挑明了，而且也把玉琪的後路堵死了，也就是說，她可別再拿什麼一個人偷偷溜上船的話來搪塞他。

玉琪確實是那樣想的，但玉金山的話一下子就打散了她的念頭。想了想，咬牙說道：

「二叔，我知道你的意思，好，我現在就源源本本的把事情說出來，希望二叔給我出個主意，再替我想想辦法。」

玉金山瞇起了眼，心想果然是那樣，只是自己一時還猜不透船上是哪個人跟玉琪有私情，福貴、福寶、關林、老江這幾個人都是結了婚的，而且以他們的年齡和氣質，肯定是不足以吸引到玉琪的。

玉金山可是知道自己這個侄女是英國留學回來的高材生，自小受到的教育已經遠超同齡人，一般的人是不可能被她看得上眼的，船上沒結婚的單身漢，只有玉強、福山、胡雲這三個人了。

首先應該排除胡雲吧，這個年輕人才剛到這裡，而且，他到這裏的第一天就上船了，在陸地上待的時間還不到兩天，在這麼短的時間裏，肯定是不可能與玉琪有什麼關係的。

能跟玉琪到這麼親密的程度，肯定不是在短時間裏能達到的，而玉強，又是玉琪的堂兄，也是可以排除的，剩下就只有福山了。

福山也是福壽村的本村人，與玉琪是自小就相識的，不過，玉琪從小就喜歡跟聰明、讀書好的同學打交道，想來找男朋友更應該是這種標準吧，而福山只念到中學就輟學了，成績差得離譜，本人的素質也上不得臺面，這樣一個人，又如何能讓眼光高於頂的玉琪青睞呢？

玉金山心如電轉，想來想去也搞不明白，到底是哪個人跟玉琪有關係。現在，玉金山聽到玉琪準備要自己說出來後，也就不再追問，由她自己說出來好了。

第六十三章

門當户對

胡雲雖然本事了得，但玉長河的性格他可是清楚得很，
雖然愛才，但對兒女的婚事卻極為傳統，最講究的就是門當戶對，
胡雲的身分家庭顯然與玉琪是不相配的，
難得讓他會同意這個事情。

玉琪想起在岸上發生的事，眼圈頓時一紅，差點眼淚就要落下來了，聲音有些許哽咽。

玉金山越發相信是那麼回事，多半是與船上的某個人關係到了不可開交的地步，所以玉琪才會有這樣的表情。

「琪琪，你慢慢說，有二叔在，有什麼事你就說出來，二叔給你做主。」

玉金山沉沉地說著，如果是船上的哪個船員與玉琪有染的話，那一定不能輕饒了，如果這個人是已婚的人，就更不可饒恕了。

不過，玉琪說出來的話，卻是讓他失措不已。

「二叔，我知道你想問出是什麼人帶我到船上的，我告訴你，是胡雲。不過你可別怪他，不關他的事，一切都是我自己的原因。」

玉琪擦了擦眼淚，終是有些忍不住了。一個女孩子，又是像她那樣一個富家千金，從小到大就沒吃過什麼苦頭，卻遭人綁架殺害，沉屍於海，如果沒有胡雲救她，那她已經成了一具死屍沉在海底，也許根本就不會被人發現。

玉金山吃了一驚，無論如何他也想不到這個人會是胡雲，在他心中，已無數次地排除了他，怎麼可能呢？胡雲不是才剛到東海幾天嗎，怎麼可能與玉琪發生這樣的關係？

要不就是胡雲撒了謊，他肯定是很早以前就認識了玉琪，來到船上的原因，就是爲了玉琪。這麼一想，玉金山便恍然大悟，應該就是這麼回事了。

不過，玉琪又說道：

「二叔，我不是像你想的那樣，溜到船上來解悶，我是被人綁架了沉到海底的，是胡雲救了我，把我藏到船上。如果不是胡雲救我，我現在就是海岸邊那狼牙礁岸口海底中的屍體了，早給綁上石塊塞在麻袋中沉下去，怕是再見不到天日了。」

玉琪說得十分悲慘，眼淚又忍不住流下來。

玉金山這才真正大吃了一驚，又愣得不知所措，無論怎麼想，也沒想到玉琪說出來的話是這樣的情形。

好半天才回神過來，玉金山又趕緊問道：

「琪琪，你……你說的都是真的？」

玉琪點點頭，然後把她昨晚回家遭到三個人綁架載到海邊，給綁上石塊塞進麻袋沉進海中，胡雲又冒死救了她，然後偷偷繞過那幾個歹徒，把她帶到船上的事，一五一十地說了出來。

玉金山呆怔不已，這與他想像的情況大相徑庭，根本就不是他想的那麼一回事。

不過也好，剛剛還在擔心著，心想：胡雲這個年輕人有如此的捕魚本事，要是因為玉琪的原因而毀了，那實在太可惜。胡雲雖然本事了得，但玉長河的性格他可是清楚得很，雖然愛才，但對兒女的婚事卻極為傳統，最講究的就是門當戶對，胡雲的身分家庭顯然與玉琪是不相配的，難得讓他會同意這個事情。

不過，現在聽玉琪這麼一說，心裏倒是開朗多了，雖然認識胡雲只有幾天時間，但著實喜歡他，從來沒有見過比他更有經驗的捕魚人，他的經驗和眼力技術，簡直是到了超凡入聖的地步。

玉琪抽泣了一陣，然後又把周宣給她的手機拿了出來，說道：

「二叔，你聽聽這個，這是胡雲在救我之前錄下的那幾個歹徒跟我的對話，我也弄不明白他們說的是真是假。」

因為對話內容裏面涉及到她的二哥玉祥，玉琪不敢肯定到底是不是她二哥做下的這件事，如果是，那就太令她傷心了。她始終無法相信，從小相親相愛的親哥哥會要害她。

玉琪把手機錄音調出來，對玉金山播放著，玉金山越聽越詫異，到後來更是張著嘴都合不攏，根本就不敢相信。

怔了半晌，玉金山才道：「怎麼會呢，你二哥自小就疼你，再說了，你跟他又沒有什麼切身利益關係，又怎麼可能去害你呢？要說的話……要是他對你大哥玉瑞，或者是你姐夫成光做這樣的事，還能勉強想得過去，但是對你的話，那怎麼可能呢？」

聽到二叔說到利益關係，玉琪沉吟著猶豫道：

「二叔，你說到那個利益關係，也許有，但不知道會不會與這個有關。」

說著，玉琪吞吞吐吐地把老爸玉長河解除二哥玉祥的公司職務，然後讓她接管的事說了出來。

玉金山臉色一白，呆怔了半天，然後默不作聲，好半天才悶聲說道：

「這是真的？是什麼時候的事？」

「就是昨天中午。一早就聽到省裏的黃叔叔給我爸打電話，說是上頭要進行全國性的掃黃掃黑活動，而東海首當其衝的，就是二哥手裏的幾家產業。如果他只是搞黃和賭也還罷了，聽黃叔叔說，有關部門還掌握到了二哥販毒的證據！當時爸爸就問我，可不可以管好幾個公司，我那時並不知道爸爸是要我管理二哥的公司，要是知道，當時我就不那樣回答了。」

玉金山更是吃驚不已，玉祥販毒，這個可是太令他意外了，不過按玉琪這樣說來，對玉長河的處理，那倒是不奇怪了。

玉長河很傳統，最講究的就是嫡傳，所以對兒子很是護短，這也間接助長了兩個兒子的囂張和犯下更多的錯誤。

現在，讓玉琪管理玉祥的公司，應該並不是拋棄玉祥，而是不得不這樣辦。

如果不把玉祥撤下來想另外的辦法，那幾個公司或許就毀在了他手中，可能結果就更加嚴重，只是玉長河沒把這事實的嚴重性告訴玉祥，玉祥以為玉長河是為了妹妹玉琪而放棄了他，所以才動了殺心。不過不論怎麼想，玉祥對親妹妹動了殺心，這樣的事是不可原諒的。

倒是不知道現在玉琪的事情有沒有擴大，如果報警，那就不好處理了，如果沒報警，不知玉長河會怎樣處理？會不會放玉祥一馬？這個很難說，畢竟玉祥是他的親生兒子。

玉金山怔了一陣，然後又瞧著玉琪，玉琪的表情還是很迷茫，不相信背後害她的人是二哥玉祥，但玉金山是局外人，想得就明白得多，按照玉琪說的情況，再加上手機錄音的內容，可以百分之九十九確定，就是玉祥幹的。

想也想得到，那三名歹徒對付玉琪一個孤身女孩子，不可能會有什麼顧忌，沒必要說假話，周圍荒郊野外，也沒有別人會聽到。而且，他們又在關她的麻袋裏塞進大石塊才把她沉入大海，分明就是想毀屍滅跡了。

玉金山尋思了一陣，然後眼神一凜，低聲道：

「琪琪，你別聲張，這事等我先問一下你爸，看你們家裏現在是什麼情況，然後再決定好嗎？」

玉琪擦了擦眼淚，然後低低的道：

「二叔，你說怎麼辦就怎麼辦，我現在也沒有別的辦法，不過二叔，能不能囑咐我爸，先別讓二哥知道？」

玉金山明白玉琪的意思，當即伸手輕輕拍拍玉琪的肩頭，沉聲說道：

「琪琪，你放心，別的不敢說，但你的安全，二叔可以保證，有二叔在，你一定沒有事。」

與岸邊的距離只有兩個小時的海程了，其間，玉金山用船上的電話給玉長河打了一個電話，這個電話通了整整一個小時。

周宣還在甲板上吃喝，聽到了玉琪給玉二叔的解釋，也就不擔心了。玉二叔現在對他可以說是再沒有成見了，不用擔心玉二叔會怪他與玉琪有關係，說白了，自己還是玉琪的救命恩人。

當然，周宣也不想玉家能回報他，只是希望能在這條船上安身就好，不過現在看來，這個問題不大。玉家馬上就會陷入家庭紛爭中，估計也沒有工夫來理他的事。

與岸邊港口還有一個多小時的時候，遠遠的已經能看見岸邊一條線的黑影。

周宣忽然探測到海水下面有魚群，但是量不是太大，而這一帶的深度又只有三四十米，算是淺海，地勢也比較平坦。

現在是午時，太陽最猛的時候，雖然是入春的三月份，但海水此時的溫度也回暖得多，有魚群游到溫暖的淺水中也不奇怪。

周宣又仔細探測了一下，然後在船舷邊裝作看了看水，這才到船艙中找到玉金山，說道：「玉二叔，現在的這個區域有不少魚，不過數量應該沒有之前打撈過的那麼多，一網也許有七八千斤吧，要不要打這一網？」

玉金山正在安慰玉琪，聽了周宣的話，怔了怔，隨即才想起來，他們是出海打魚的，又記起周宣的本事來，想了想就站起身說道：

「打，要通知吳德虎嗎？」

玉金山的意思是想問一下周宣，魚群的範圍廣不廣，需不需要讓吳德虎他們也撒網，一網能打到七八千斤，對現在的他們來說，也是一筆不小的收入，算得上豐收的數量，只是比起周宣之前的幾網來說，數量就明顯少了一大截。

而且現在他們是在海上，玉琪的事並不急在這一時，他也已經跟玉長河商量過了，玉長河那邊還沒有報案，因為玉琪之前也有過沒回家的事，一晚上並不奇怪，他彙報過後，玉長河也很惱怒，但聽了他的話後，決定還是先把玉祥穩住，等他們回去再說，也趁機好好想一下，應該怎麼來處理這件事。

玉金山一回到工作的狀態中，馬上人就變得不同了，一點也看不出來他是一個五十多歲的人，動作輕快地奔出去，到駕駛艙中減速並通知吳德虎。

周宣拿著對講機到操控室等候著。

不用他再多說，玉二叔是個經驗豐富的老手，雖然他不像自己一樣有異能來探測到海底的魚群，但也明白，發現魚群後得抓緊時機抓住機會，機會一錯過可就沒有了。

周宣在對講機中指揮玉二叔減下速度，然後將左右距離調整了一下，接著撒了網，又指揮著吳德虎那艘船撒了網。

這一次兩條船撒網後的成果差不多，這一帶區域的魚是從深海游過來的，與水溫有相當大的關係，但更多的是運氣，剛好這一帶聚攏過來的魚很多。

網撒下五六分鐘後，周宣便命令收網，自己也推上了收網的電閘刀，絞盤機開始收網。水深只有三十多米，撒網收網的時間都短很多，十分鐘不到便收起了網，網裏的魚活蹦亂跳的，種類繁多，看數量大約有近萬斤吧。

沒想到在近海，在回程的途中還能打到這麼一網魚，說明周宣的技術確實精湛，比他們要強得多。

兩邊船上的人又都開始緊急裝箱了。周宣這邊裝了一百零七筐，估計是過萬斤，而吳德虎船上的那一網則裝了一百二十筐，比這邊還多了近兩千斤魚。

這一趟出海，只撒了兩網，差不多就有三萬五千斤的漁穫。

玉金山這邊收穫更驚人，五萬多斤的魚，一百多顆大珍珠，還有一隻六七米長的大烏賊，如果珍珠的價值能確定的話，就知道這一趟出海的價值了。

這一網耽擱了一個小時左右，因爲又是一網比較大的收穫，馬上就能看到收穫變成現金和獎金，所以兩艘船的人都十分激動，幹活也更俐落，更加快地幹完了活，接下來，兩艘船又全速返航。

一個小時後，漁船返回到了港口。玉金山在半小時前便通知了趙成光安排人手來下貨，以前因為貨少，都是船上的船員自己下，給點搬運費，但現在不同了，收穫大，獎金高，本來就很累了，也不必為了那一兩包菸錢而再勞累一番了。

趙成光自是喜不自勝。當然，他不知道玉琪與玉祥之間發生的事。

玉長河在得到玉金山的彙報後，也叮囑了他，千萬不能洩露出去，一切都由他來處理。玉金山自然知道他是護短，好歹都是他的兒女，怎麼處理是他的事，玉金山也沒必要太過擔心，只要暫時護住玉琪的安危就行。他的主要任務還是好好籠絡住胡雲，這個人才是他最重要的目標。

兩艘船一共接近了九萬斤的海魚，因為數量太大，趙成光安排了近二十個工人過來，用十多輛小型人工拖車拉貨，一車可以裝十二筐。

這比之前周宣他們用純粹的人工搬運要省力省事得多，以前主要是收穫的魚太少，一共才兩三千斤魚，費事的用車載拖車過來也麻煩，所以不如用人工搬了省事，但現在肯定就不行了，貨太多，人工搬運是會累死人的。

周宣看到趙成光安排人手分成兩組到兩艘船拖貨後，回頭看了看後面，玉琪此時躲在了玉二叔的房間裏，沒看到她。不過，周宣一掃眼間看到了漁船的池子，又想到了那隻大烏賊，差點忘了還有這個東西。

趙成光笑呵呵地拉著周宣的手搖了搖，然後並排站在甲板上，又對玉金山說道：

「二叔，小胡雲是個有真本事的人吧，現在得商量商量。」

趙成光還不知道這一趟出海還有其他收穫，以爲只有這近九萬斤的海魚，不過，就是這九萬斤海魚也足夠開心了，一年到頭能這樣，他也能抬頭挺胸地在玉長河面前做人了。

而這一切都源於這個叫胡雲的年輕人，如果沒有他，那就什麼都沒有了，現在回想起來，真是一種運氣，老天爺賜給他的運氣。

趙成光看了看甲板上的幾筐子蚌肉，奇怪地問道：

「二叔，這是什麼東西？」

玉金山因爲給玉琪的事擾了心思，所以在通知趙成光的時候，並沒有提到珍珠的事，現在給趙成光問起蚌肉的事，立即想了起來，趕緊說道：

「成光，對了，還有一件事忘了跟你說，這幾筐是在深海打到的蚌，是蚌肉。」

趙成光奇道：「蚌肉？深海又怎麼會有蚌？」

「這個，我也搞不清楚，但都是在百多米深的海中打到的。」玉金山攤了攤手，然後又道：「不過，這些蚌可都是小胡一個人的功勞，是他穿了潛水服到海中打撈上來的。」

「小胡一個人到海底打撈上來的？」趙成光這一下倒真是吃了一驚。

在一百多米深的海水中撈蚌，就算穿了潛水服，有潛水設備，也是很難的事，除非是專業的潛水運動員。所以趙成光感到很吃驚。

他雖然不是漁民，但對潛水卻並不陌生，能潛到一百米深的深度的人可不容易找到，沒想到這個胡雲看水識魚群的本事不得了，竟然還是一個潛水高手。

不過，玉金山接下來說的話更加令他驚心了。

「成光，這些蚌裏起出了一百來顆大珍珠，直徑差不多有一點五釐米。」玉金山說著，又向老江招了招手，老江立即進艙把裝珍珠的箱子抱了出來。

玉金山把小箱子打開，然後遞給趙成光。趙成光在視線一接觸到箱子裏的珍珠時，眼睛就亮了起來，端著小箱子時，甚至連呼吸都屏住了。

趙成光以前就是做海產生意的，也做過珍珠蚌的生意，對於珍珠的價格，他清楚得很，而且還認識幾個關係密切的珍珠商人朋友。玉金山現在遞給他的箱子裏面的珍珠，他一眼就能看得出來，這是真正的大顆粒海生野珍珠，從形狀上來看，與人工培育的珍珠有很大的區別，人工珍珠是很圓的，大小顆粒也相差不大，而箱子裏的珍珠並不是很圓，但毫無疑問，這些珍珠的價值，幾可以直追當年那顆南珠王了。

南珠王是迄今爲止所發現的最大的一顆海水珍珠，趙成光手中那小箱子裏面的上百顆珍珠比那顆南珠王也只是略小一丁點，但勝在數量如此之多啊。

像這樣大的海水野珍珠，即使只有一顆，那也是大運氣了，卻一下子弄了百來顆，這讓趙成光張口結舌，連話也說不出來，呆愣在當場。

上一趟，周宣撒網打了數萬斤海魚，又得到了十二條虎鯊，收穫大，但卻是意外收穫，像那樣的事是可遇而不可求，只要每次能打到這麼多的海魚，那就已經是極了不起的事了。

但這一次的驚喜實在太大，一百多顆價值不菲的海水大珍珠，讓趙成光都反應不過來，周宣給他的除了驚喜，就還是驚喜。

呆了一陣後，趙成光才醒悟過來，然後趕緊道：

「走走走，二叔，小胡，到我車上，先回去，咱們回去再商量。」

說完，趙成光又對福貴等人說道：

「福貴，你們放心，獎金肯定有，而且我給你們保證，肯定比上一次還要高，至於到底是多少，還要等我把這些珍珠的價值確定過後才能決定，當然，也還要跟我岳父商量彙報一下才行。」

得到趙成光的肯定答覆，福貴等人都笑得合不攏嘴，歡呼雀躍起來。

對於他們來說，最刺激的就是大筆大筆的現金了。

玉金山想了想，然後又對趙成光說道：

「好，成光，你等一下，我進去還有點事，一會兒就出來。」

玉金山進艙後，趙成光笑笑，又想跟周宣祝賀一下，周宣趕緊說道：

「趙經理，池子裏還關了一條大烏賊，是在深海抓到的，活烏賊要怎麼處理？」

「大烏賊？」趙成光怔了一下。這事玉二叔事先沒跟他說起，所以他沒有準備水箱車過來，不過聽了周宣的話也沒有太驚訝，周宣說的大烏賊嘛，又能有多大，不過可能有一兩米吧，也算是大烏賊了。

周宣往池子邊上走過去，然後說道：「趙經理，你看看，這東西要怎麼處理？」

趙成光把小箱子蓋好蓋子，然後抱著跟周宣走了過去，跟著一起過去的，還有福貴、福山等人。

趙成光見福貴他們幾個人都是一副很畏懼的樣子，手上還撿了條竹竿，心裏倒是有些奇怪了，看他們這個樣子，就是上一次的虎鯊，人在岸上也不會畏懼到這個樣子啊，這大烏賊有這麼嚇人嗎？

周宣離池子邊還有一米多的樣子就停了下來，然後對趙成光說道：

「趙經理，還是離遠一點好。」

趙成光更加奇怪，不過還是依了周宣的話，停在一米外，眼光看去，只見池子裏的大鐵籠裏，一隻龐大的淡黃色的烏賊，無數條觸角在扭動，其中兩條還透過鐵籠縫裏伸出來，福貴遠遠地把長竹竿伸過去。

那大烏賊的觸鬚一接觸竹竿，馬上便絞住了竹竿，吸盤扭動，「喀嚓喀嚓」幾下，竹竿便給撕裂得粉碎。

趙成光「哦」的一聲驚呼，這條大烏賊長長的觸鬚伸出來，超過了四米，估計再加身子，不會低於七米，強有力的觸角，兇狠有力的吸盤，實在是太驚人了。

這不由得不令趙成光驚訝，一開始聽周宣說大烏賊，還以爲只是幾十斤重的烏賊吧，有兩米大就不得了，沒想到會是一條這麼龐大的大烏賊。

大烏賊是人類對於海洋生物最恐懼的種類之一，由於大烏賊是生活在太平洋和大西洋最幽深的海底，人類對於神秘的大烏賊瞭解得並不多。

在國外的傳說中，大西洋裏最大的大烏賊，觸鬚能夠從海床直接延伸到海平面，兇猛有力的吸盤可以把大船的船身撕裂。

而在記載中，大西洋的深海水域中最大的烏賊，體長可以達到二十米左右，重約兩三噸，是世界上最大的無脊椎動物，性情極爲兇猛，能和巨鯨搏鬥，就是最兇猛的鯊魚，遇見了這樣的大烏賊也只能落荒而逃，否則就只能成爲牠的腹中之物。

在海上的傳說中，還有人把大烏賊說成是「鬼面怪魚」，人和漁船遇到這種鬼面怪魚，就可能船毀人亡了，所以也幾乎沒有活的見證。

據記載，有一次，人們目睹一隻大王烏賊用牠粗壯的角手和吸盤死死纏住抹香鯨，抹香鯨則拼出全身力氣咬住大王烏賊的尾部。兩個海中巨獸猛烈翻滾，攪得濁浪沖天，後來又雙雙沉入水底，不知所終。

當然，這些大多都只是傳說，人類並沒有真正見到過，而人工打撈捕捉到最大的烏賊，是美國科學家在路易斯安那州的墨西哥灣捉到的，長五點九米，但科學家們相信，這並不是海洋中最大的烏賊。

趙成光很吃驚的是，面前的這隻大烏賊，光觸鬚就有四米長，整個身子加在一起，肯定超過六米，估計有七米多長，這比美國科學家在墨西哥灣捕捉到的大烏賊還要大。

不過，這麼兇猛的海怪魚，玉二叔他們又是怎麼遇到並捕捉到的？趙成光覺得自己的腦子似乎都有些短路了。

從胡雲到了這條船後，就一直是好運連連，而且每次給他的驚喜都讓他不斷升高，似乎是無止境一般。

玉二叔再出來後，玉琪跟在後面，穿了一身男裝，戴了一頂深色的帽子，遮住了一大半臉，表面上看不出男女。在場的人除了幹活的，然後就是趙成光的副手，那些人也都沒有向玉琪多看，人人的注意力都被大量的魚吸引住了，在以前，又哪裡有過這麼好的收成？

玉二叔更不多說，帶了玉琪到岸上，先上了趙成光的寶馬車上，周宣和趙成光跟在後面。

趙成光一邊走一邊打電話，通知水箱車開過來，要把那條大烏賊運回去。這隻烏賊的價值目前還不清楚，但箱子裏面的珍珠，趙成光可是明白，一顆這樣大粒的海水珍珠，價格絕不會低於一百萬。

趙成光安排好了這些事情後，上了車。周宣就只能坐在他旁邊的副駕座上了，他是肯定不會去跟後面的玉琪坐在一起的，現在還是跟她距離遠一些好。

趙成光把車發動，然後開上了路，從車內的照後鏡中，他看到坐在後排的玉琪，覺得有些奇怪，這個人是誰？玉二叔怎麼會拉一個陌生人坐到他的車上來？

「姐夫，是我。」

戴帽子的人抬頭說了一聲，明明是個女孩子的聲音，很熟悉。

趙成光呆了一下，隨即回頭看了看，這才發現是小姨子玉琪，不禁詫道：

「琪琪，你什麼時候到了船上的？我怎麼沒看見？」

趙成光還以為玉琪是在他到海邊之前的時候過來的，否則他怎麼沒看見？

聽到趙成光的這句話，周宣便肯定，玉長河這老傢伙沒有把事情說出來，即便是他家裏人也沒有說，這老傢伙定然是有想護短的意思。

玉琪咬了咬唇，沉吟了一下然後才說道：

「姐夫，你昨晚在家裏嗎？」

「在啊。」趙成光隨口答了一聲，然後又恍然大悟地道：「琪琪，昨晚睡前，爸還問了我一下你在哪兒，我猜你是到你二哥的店裏玩去了吧。」

趙成光說話基本上是無意識的，沒有別的用心，而玉琪顯然是在試探他的口氣，從趙成光的話中來看，昨晚老爸玉長河肯定是注意到她沒回家的事了，而不是今天下午得到二叔的彙報後才知道的。對於老爸玉長河的偏心和重男輕女的觀念，玉琪是打小就知道的，所以也習慣了。

「嗯，昨晚我在二哥的店裏玩呢。」玉琪也是隨口回答了一下，然後就默不作聲地想心事。

趙成光沒注意她，他的一腔心思都在那些珍珠上面，準備把他們幾個人送回家去後，接著馬上就到朋友的珠寶店估價。

回到玉家的別墅處，因為要跟玉長河彙報，又不方便讓周宣跟在一起，所以玉二叔和趙成光兩個人也沒有留下周宣，周宣便獨自回到五樓自己的房間。

周宣回到房間裏，自然是又運起異能探測著樓下客廳裏的情況。

玉長河得了玉金山的電話通知，一個下午就待在家裏，這時見到玉金山和玉琪以及趙成光三個人一起回來，也不動聲色。

看到玉長河的表情，玉金山就知道他不想把玉琪玉祥的這件事暴露出來，當即說道：「長河哥，這次出海，兩條船都只撒了兩網，一共有九萬多斤海魚，對於胡雲的審核算是通過了，可以說是極爲出色吧。」

玉金山跟玉長河打電話只說了玉琪的事，並沒有提起打魚的事，而玉長河因爲被玉琪的事震驚到了，所以也忘了問起打魚是否順利的事，這時聽到玉金山說兩網打到了九萬多斤魚，倒是吃了一驚。

對於胡雲，玉長河還不是很認同，最主要也是覺得，靠運氣的事，一般是不會連續兩次碰到的。但第二次出海，竟比上次還捕了更多的魚，就說明，這個胡雲是個真正的人才了。

對於人才，玉長河向來都是捨得花錢籠絡的，玉家的產業那麼大，可以說很大一部分就是靠他慧眼識人，懂得用人才。不過，近來年紀大了，權力下放到兩個兒子身上就重了些，而兩個兒子聰明是有，但卻都是小聰明，不堪大用。

按上一次跟玉金山和女婿趙成光商量好的條件，看來這個胡雲是通過了初步的審核，如果以後每次出海都能達到這樣的數量，那年收入過五百萬，成爲他們玉氏家族中最高收入的打工者是半點問題都沒有的，這比他們玉家那幾個職業經理人的年薪都還要高。

趙成光此時又把小箱子抱到玉長河面前，打開蓋子說道：

「爸，小胡還在海中打撈到百來隻蚌，取出了這麼多的珍珠。」

第六十四章

恨鐵不成鋼

玉長河氣惱起來，當即踢了玉祥一腳，
罵道：「真是恨鐵不成鋼啊，趕緊給我滾！」
說著，從靠牆邊的桌子拿了一個小箱子過來，
遞給玉祥道：「現在就滾！沒我的命令不准回來！
否則誰也救不了你！」

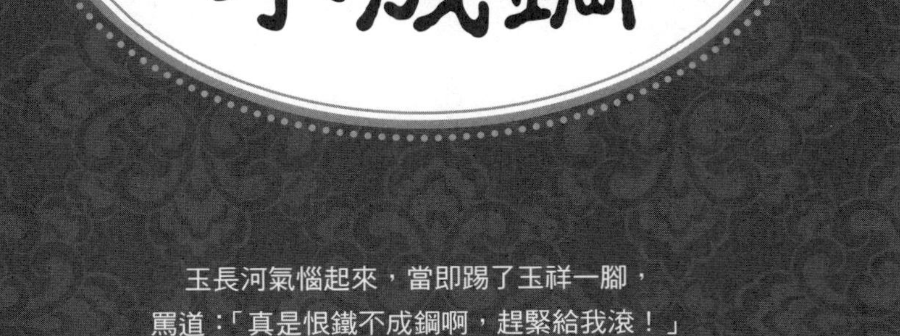

玉長河怔了怔，眼光一掠到那個裝珍珠的小箱子中，頓時眼光一亮，忍不住伸手拿了一顆珍珠出來，在眼前仔細瞧著。

玉長河的見識自然不弱，珍珠一拿到手中，就知道優劣了。仔細看了一會兒，饒是他玉長河財大氣粗，身家數億，但眼見到這一箱子的珍珠，也不禁手指哆嗦了一下。

這每一顆珍珠的價值都不低於百萬，而這一箱子，按趙成光剛剛說的是一百多粒，那就是一億以上的價值，即使是他這個玉家的掌門人，手捧了一億以上的財富，也不禁有些顫抖了。

趙成光見老丈人嚇到了，心裏就得意起來。以前老丈人總是偏向玉瑞玉祥兄弟，對他差得多，自己也沒辦法，因為做不出特別好的成績來，不過，現在自己的腰板就直了。

自己找到的胡雲才短短幾天時間，出海兩趟，就賺回至少幾千萬的財富，具體數字還得等到他把珍珠拿去確定了才知道，但也不會低於五千萬，按照這樣的掙錢速度，玉家哪一個人能辦得到？只怕是聽都沒聽說過吧。

趙成光笑呵呵地從玉長河手中接過小箱子，然後說道：

「爸，我還得趕緊去珠寶鑑定處找朋友鑑定一下這些珍珠的價值，另外，還要處理一下這次捕回來的魚，對了……」

想到這裏，他又趕緊說道：「我得趕緊走了，我還要處理那隻大烏賊呢。」

玉長河不知道趙成光說的什麼烏賊，揮手道：

「好好好，你趕緊去辦吧，把事辦妥當些。」

趙成光見岳父今天對他和顏悅色的，比以前大不相同，心想：還是得靠實力和成績說話啊。

趙成光急急忙忙走後，一直默不作聲的玉琪這才低低叫了聲：「爸。」說完眼淚就流了下來，不過還是忍住了，沒哭出聲。

玉長河趕緊上前拉著她的手，然後上上下下仔細看了起來，待看到玉琪好好的，全身都沒有傷痕，這才放了心，問道：

「琪琪，到底是怎麼回事？」

玉琪看了看房間，玉金山趕緊把門關了起來，然後又反鎖了，玉琪這才把整件事全部說了出來。

玉長河一雙眼低沉下來，玉琪說得是合情合理，按自己對小女兒的瞭解程度，她是不撒謊的，而且也沒必要撒這樣的謊，除非她想爭奪玉祥管理的公司，不過也說不過去，因爲自己已經讓她去管理了，不可能因爲得到了的公司還要去害玉祥啊。

玉琪知道父親還是有些半信半疑的，當然，包括連她自己也有那樣的想法，想了想，把周宣給她的手機拿了出來，然後調出自己跟那三個歹徒的錄音，放出來給玉長河聽了一遍。

玉長河眉頭深鎖，一雙拳頭捏得緊緊的，手指都發青了。

如果是真的，那麼這個兒子幹的事就太令他失望了，能對自己的親妹妹下手，真可以說是狠到了極點，要是自己把財產分給玉瑞和玉琪、玉嬌三兄妹的話，那他是不是就要對自己動手了？

不過，這個手機錄音同樣也不能作爲有效證據，說不定僞造的可能性也很大。

玉長河想了想，然後拿起桌上的電話，直接給玉祥打了個電話。

「喂，玉祥嗎……是我，在哪兒？……回家一趟，我有事要安排你做。」

玉長河打電話時，沒有跟玉祥說是有話要問他，只說有事要安排他做，這樣不容易引起他的懷疑。

玉祥大約過了二十分鐘才回到家，在別墅外停了車，然後急急地走到客廳，邊走邊說道：

「爸，有什麼事要我……」

只是說到這兒時，抬眼見到盯著他的玉琪，不禁呆了呆，立刻停下腳步，眼神又驚又慌，嘴裏說道：

「你……你……玉琪，你……你怎麼會……在家裏？」

「你想我在哪兒？」玉琪一見二哥玉祥的這副表情就明白了，心裏是又冷又難受，冷冷道：「二哥，你想我這時候在哪兒？在黑礁岩那邊的海底嗎？」

玉祥怔了怔，臉色一白，隨即道：「你說什麼？我聽不懂。」

玉長河也有些明白了，當即沉聲喝道：

「玉祥，你好大的膽子，連你親妹妹也敢害？你……你太讓我傷心了，是不是連我也想丟進海裏去？」

玉祥趕緊直搖手道：「爸，不不不，我沒有害妹妹，我怎麼可能會害她呢，當然更不可能會害你了。」

玉長河哼了哼，然後沉著臉叫玉琪把那錄音放出來。

玉琪默不作聲地把錄音當著玉祥的面放了出來。玉祥聽得臉色直變，但卻仍然狡辯不承認，說道：「這也太離譜了吧？我怎麼可能會害琪琪，她可是我親妹妹啊。」

周宣在樓上哼了哼，心道：這傢伙還真能裝，要是自己單獨對付這個人渣，用異能至少有幾十種手段來對付他，沒有什麼秘密是問不出來的。

玉長河肅起了臉，冷冷道：

「玉祥，你知不知道，我爲什麼把你管理的公司轉交給你妹妹？你以爲是你妹妹奪了你的公司？你個混賬東西！我這是救你！你這個不爭氣的東西，我還不如把你打死算了！」

說完，玉長河就近把老父親的大煙杆提起來，朝玉祥劈頭蓋臉打過去，一邊打一邊惱道：「我打死你，我打死你！」

玉祥閃躲了幾下，然後急道：「爸，你能不能講講理啊，我又沒做錯事，你也不能強行把那些事加到我頭上吧？」

看到玉祥還在狡辯，玉長河更是惱怒，罵道：

「你這個混賬，我讓你放下手中的公司，不是要拿走你的管理權，是你自己幹的販毒走私，給上頭查了個清清楚楚！你以爲你幹得很隱秘？別人不知道了？傻小子，你幹的都是掉腦袋的事啊！我是要你趕緊把手裏的黑錢轉手一下，把你先送到國外暫避一下，再在國內替你打點。否則，一旦被抓到，不僅僅你要掉腦袋，就連我們玉家的整個產業都要受到致命的打擊！」

玉祥嚇了一跳，臉色更加白了，如果是爲了這個事，那他的確是魯莽了，老頭子一向對他和哥哥兩兄弟要優厚得多，這是他明白的。

玉長河氣惱起來，當即又踢了玉祥一腳，罵道：「真是恨鐵不成鋼啊，趕緊給我滾！」說著，從靠牆邊的桌子拿了一個小箱子過來，然後遞給玉祥，說道：「現在就滾！沒我的命令不准回來！也不准讓任何人知道！否則誰也救不了你！」

玉祥打開箱子一看，不禁呆了呆，箱子裏是幾張銀行卡，幾本護照和證件，看來玉長河是讓他馬上離開東海，到國外去。

事情還真有些嚴重了。以前玉祥又不是沒有惹到玉長河生氣，但卻都不可能會這樣對待他啊，只怕是自己請殺手對付妹妹玉琪這事做得太過火了。

玉長河想了想，又打電話叫了一個人過來，是公司裏一名他的老手下，他從鎮上趕回來，是被安排監護送玉祥到機場出國的。

玉琪一聲不吭，臉色默然，父親這樣明顯是偏袒二哥，說也不用說了。

等到叫回來的那人把玉祥護送著到機場去後，玉長河才長長地嘆了一聲，對玉琪說道：

「琪琪，你別怪爸爸偏心，玉祥再怎麼有錯，再怎麼不對，他還是你親哥哥啊，只要以後他知道教訓了，也就算了吧，總不能要把你二哥送到刑場挨槍子吧？」

玉琪把臉側向一邊，眼淚從臉上滑落，無聲地哽咽著。

玉長河默然了一下，然後輕輕拍了拍玉琪的肩膀，說道：「別多想了，快去睡吧，好好休息一晚上，明天精精神神去上班。」

玉琪忽然把臉上的淚水擦掉，擰過頭來對玉長河說道：

「爸，你放了二哥，我沒意見，不過，有一件事你得答應我，否則，你就當沒有我這個女兒吧。」

玉長河和玉金山都是一怔，玉琪語氣十分嚴肅，不知道她要說什麼條件呢？

「你……要我答應你什麼事？」玉長河試探著問了一下，如果還是要讓玉祥承擔什麼，那還是只當沒有說，沒有放過他一樣。

玉琪哼了哼，然後用手指著樓頂上，說道：

「我要那個胡雲給我當助手，你在船上給他開多少年薪，在我這兒也要開一樣多，總之，要把他調到我那兒，不然我也不幹，你另外找人去管二哥的公司吧。」

玉琪這話一說出來，不僅讓樓上的周宣吃了一驚，也讓客廳裏的玉金山吃了一驚，隨即便站起身搖手道：

「不行不行，胡雲在船上幹得好好的，只有到船上才能發揮他的能力，他可是能讓我們玉家一年多賺上過億利潤的能人，放到你那兒，那不是白白浪費了嗎？」

周宣在樓上也急了起來，這個玉琪，要是把他調到了玉祥手中那幾家公司裏幹活，那就著實沒意思了。

玉長河當然沒料到玉琪會說出這樣的條件來，當真是做夢也沒想到。

玉長河遲疑了一下，才沉吟著道：

「琪琪，你要什麼人都可以，又何必非要這個人呢，如你二叔所說，這個胡雲只有在船上才能發揮他的本事啊，要是到了岸上，那他還有什麼用處？白白給他五百萬以上的年薪，那是不可能的。」

在玉家的所有公司中，以玉瑞的房產公司的職業經理薪酬最高，但那也只不過是兩百多萬，獎金還是與業績掛鉤的。像今年吧，房子賣不出去，那經理自然就沒有了績效獎金了。要真說，與胡雲的報酬，那還真是差得遠。把胡雲放走，對船上，對他們玉家，玉家一年就會少得到過億的利潤，那可是一份莫大的損失，玉長河又如何捨得？

「爸，你知道什麼！」玉琪咬了咬牙，然後說道：「我在二哥的夜總會可是親眼見到，胡雲能模仿所有明星歌手的聲音，跟他們唱的歌一模一樣，這樣的能力會比打魚差麼？我可以這樣說，二哥的公司需要馬上轉型，徹底拋開以往那種非法的經營方式，而胡雲，就是能讓二哥的公司重新走上正軌的關鍵人物，我絕不是憑個人喜好，胡亂跟你要人的。」

停了停，玉琪又說道：「爸，我可以向你保證，只要胡雲到我的公司，我同樣可以讓他給公司賺到上億的利潤，我保證！如果沒有，我就徹底放棄管理公司的權利。」

玉長河愣了起來，女兒的話絕不是說笑，而他也明白，自己的四個兒女中，外加上女婿趙成光，五個人中，就只有這個小女兒的才能是最強的，她這樣說，那就是有幾分把握。

既然同樣能給玉家賺到那麼高的利潤，那又何必一定要分胡雲在船上還是公司裏幹呢？只要能給玉家賺錢，在哪裡都一樣。當然，能把他的能力發揮到最大是最好。

玉長河還在猶豫著，客廳裏的電話響了，電話裏的聲音是女婿趙成光的。

趙成光在電話裏喜不自勝，聲音大得很，似乎可以想像得到，他是一邊笑一邊打電話。

「爸，好消息！好消息！」

「一百零四顆大珍珠，被我的朋友，也是您老認識的袁氏珠寶的袁新磊袁總收購了，總價是一億兩千萬，現在我正在跟他簽合約，因爲袁總的流動資金不夠，他跟我明說了，這一百零四顆大珍珠他吃不了，是做中間商，要賣給他生意上的夥伴，所以，目前只能給四千萬的現金，已經開了支票。」

趙成光把事做好了才向玉長河彙報，這顯然有些自作主張的味道，但玉長河也不怪他，將在外，君令有所不受嘛。要是換了他，在這樣的價格下，也是會當場答應下來的，幾乎是沒有什麼本錢就得到了過億的龐大收入，這是他們玉家從來就沒有過的巨額利潤，包括他自己，沒有一個人能阻擋這樣的誘惑。

九萬多斤海魚就能值上八十多萬，有這樣的收成，已經是玉家漁船最好的收成了，就憑這個，玉長河就很滿意。真沒料到，這個胡雲短短幾天內兩次出海，就給他帶來了如此超出想像的利潤。

上一次的巨額利潤主要是因爲有十二條虎鯊，這一次的珍珠蚌，同樣也是可遇而不可求的收穫。出海的基本收入還是海魚，但就算每一趟出海滿載而歸，那也至多只有七八十萬的收入，這已經是到了極限。憑海魚的收入，出一次海是超過不了一百萬的，只能以胡雲的本事來縮短找魚的時間，這樣一個月多出幾趟海，就可以多增加收入。

以前是一個月四到八趟，枯季要到深海，所以最多只能有四次，旺季可以多一些，但最多也就八趟，而且還得保證是在近海就打到魚了。

不過，要是像今天這一趟，那就不錯了，昨天出海，今天就回程，而且還打到這麼多魚，按照這個速度，一個月出海十幾次都不難，同樣可以增加不少的收入。如果每次都像現在這兩次的滿載，單只計算海魚，那一個月的收入也可以達到八百萬，接近一千萬，一年下來，也是過億了。

這當中，如果又有額外的收入，就像上一次和這一次一樣，有虎鯊、珍珠等等意外的收入，那就更難估計了。

可以說，就只這一次的珍珠，就已經讓玉家賺到了四條船加起來一年也賺不到的利潤，什麼都夠了。

這幾年下來，玉家的這四條船，每一年的收成、利潤加起來的總和，都只有兩千萬左右，而且是四條船加在一起的收入。

玉長河一邊嗯嗯地應著趙成光的話，一邊尋思著，該如何來處理玉琪的要求。堂弟玉金山的話也沒錯，這個胡雲放在船上，說不定還要帶給他們多少的驚喜，不說別的，就算一個月裏只來一次像現在這樣的收成，一年下來就能有十幾次這樣的收入，足夠他們心跳不已的了。就憑這個胡雲一個人的能力，就可以超過他玉長河這麼多年來的努力，一年的收入就可以超過他玉家的總財產。

玉長河應了幾下後，說道：「成光，你處理好後就趕緊回來，我還有事讓你做。」

「好好，我馬上就趕回來。」那邊趙成光樂不可支，然後掛了電話。

玉長河放下電話，沉吟了好半天，然後才走過來坐到紅木椅上，對玉琪緩緩說道：

「琪琪，這件事不急，還得再商量商量。」

玉琪自然不幹，不過還沒說話，玉二叔就開口斷然道：

「琪琪，二叔不是要跟你爭什麼，二叔也是快退休不幹的人了，這個胡雲，我是決計不能讓他離開船上到你那兒去的，目前看來，玉家四條船的希望就全落在他一個人的身上了。」

這還是玉金山不知道珍珠賣了多少錢，要是知道了，就更有底氣說這話了。

當然，玉長河是明白的，從心底裏，他的心思早已經偏向了玉金山這邊，無論玉琪怎麼說，胡雲這個人在船上幹出的成績是擺在眼前的，已經有大把大把的財富抓在手中，那又如何是玉琪所說的唱唱歌能比的？

要是胡雲不那麼重要，又因爲女兒玉琪受了很重的委屈，玉長河不得不安慰一下女兒，把胡雲讓給女兒也無所謂，但現在他卻不願意，只是不能用太明顯的語氣拒絕女兒，得婉轉些。

周宣在樓上著急起來，好不容易找到個自己滿意的工作，卻不想被這個玉琪橫插一腳，他可不想跟她共事，給多少錢也不幹。

玉琪擰著頭道：

「不行，我非得要這個胡雲到我的公司，否則我就真的不幹了。」

玉琪不是玉金山那種老古董的想法，她十分瞭解娛樂業的前景是靠人才，有人才就有發展，否則任何行業都是個無米之炊的局面。

玉長河臉色一沉，然後擺擺手，沉聲道：

「這事暫且不提，慢慢再商量，金山，我倒是想問一下你，這一次該怎麼給獎金？給多少？」

玉長河這麼問，當然不是對船上的其他船員而言，而是對周宣感到爲難，到底要給他多少獎金才好？

當老闆的，當然是付出的越少、得到的越多才好，如果這一次按照上一次的標準來給獎金，那船上的船員們個個都能拿到八十萬以上的獎金，而最大的功臣胡雲，按照上一次二十倍的比例來計算，就要給他三百六十萬的獎金。

這麼大一筆獎金，玉長河有些顧慮，一是有些肉痛，二來擔心給他獎金發順了手，把他的胃口養大了可不好。

想來這個胡雲應該不是太有見識的人，也許給他幾十萬就能把他徹底收買了，他應該也從來沒見過這麼多的錢吧？

聽女婿趙成光說，這個胡雲上船之前十分落魄，身無分文，連搬運魚筐重物的重活也幹，就爲了掙那幾十塊錢，想想也估計得到，這個胡雲應該不是什麼厲害的人。

玉金山也在沉吟著，他可不是玉長河的那般想法，趙成光雖然還沒有把珍珠的價格鑑定好，但就憑這兩次出海便知道，胡雲是個絕對要重金留下來的人才，留住人才的最好的方式，第一是金錢，第二才是人情關係，自己對他好那是應該的，關鍵還得靠錢。

如果這事情換了他們任何一個人，也是一樣的想法，要留下這樣的人才，沒有錢，什麼都別談。

「這個獎金，我看……」玉金山沉吟著道，「還要得等到成光把珍珠的事弄清楚後才能決定，那些珍珠，說實話，都是小胡一個人冒險從海底打撈起來的。當時下水一個多小時，也不見小胡出海，我們都著急得很，以爲他出事了。在那樣的水溫中，他一個人潛到海底，我們船上的人連下水的勇氣都沒有。長河哥，你想想看，以我說啊，這次珍珠的總價值，給他十分之一都是應該的。」

玉長河當即沉默下來，有些面無表情，玉金山並不知道趙成光已經告訴他珍珠的價值，要知道的話，直接便說出獎金的大概數目了。

以玉金山說的十分之一，在目前算來，可是一千二百萬的大數目啊，這可是玉長河萬萬不能拿出來的。要是胡雲拿了這麼多錢，說不定就要自立山頭了。

給別人幹，那怎麼也不如給自己幹啊，如果這一次是他自己的船，就算不打這麼多魚，沒有這麼大容量的漁船，是條小漁船，那也影響不了打撈珍珠蚌啊，是他自己擁有的話，那這一億多就是他胡雲自己的了。

玉金山並不知道堂哥玉長河是這樣的想法，繼續說道：

「長河哥，我看我們要真正留住這個胡雲，還得另外再加多些條件，要不要讓他擁有一點漁船股份？這樣才會讓他死心塌地地在船上幹下去，否則給他知道他所創造的利潤價值如此之多，換了誰，也不會甘心的。」

這話倒是說得是，玉長河也不是不贊同，但關鍵是看到了胡雲做出的這兩次驚人收穫，要是收穫沒這麼多，僅僅只是海魚，他反而會捨得給一成股份出來，讓胡雲一年的收入到五六百萬，但現在可就不同了，胡雲賺得太多，太驚人，他玉長河掙到這麼多錢的時候，那可是花了近二十年的時間，頭髮都花白了，才掙到這份家當來，可這個胡雲，僅僅出兩次海，就賺到了這種程度，當真是人比人，氣死人。

好在現在的局面還在玉長河的控制中，不管胡雲有多大的功勞，船上的收入都是屬於他的，他願意給胡雲多少錢那是他的自由，就算不給，那也由得他，因爲跟他說過的，年薪一百萬，獎金有提成，但提多少，可從來沒有說過，可以提一千萬，當然也可以提一百塊。

玉琪見父親面色嚴肅，還以爲他在生二哥的氣，所以也沒有多想。父親也說了，胡雲的事，慢慢再商量，想來是不好當面拂二叔的面子吧，因爲二叔是堅決要留胡雲在船上的。

玉長河沉思著，對玉金山的提議分歧很大，想想還是等趙成光回來，聽聽他怎麼說再決定，不過要給胡雲十分之一的獎金分紅，那是不可能的。

趙成光倒是很快回來了，一進客廳就呵呵直笑。

確實是高興，從來沒有在岳父面前這麼昂起頭來做人過，而且今天還有別的喜訊要彙報。

「坐，坐下說。」玉長河指著對面的椅子。

趙成光坐了下來，先抹了抹汗，然後又把茶几上的茶杯端起來，一口飲盡，也不管是不是有人喝過的。

看樣子，趙成光是真累，雖然他開的車裏面有空調，而且現在剛入春，天氣並不熱，但因爲太興奮，當然是被巨大的現金利潤給刺激的。

趙成光呼呼喘了幾口氣後，才說道：

「爸，一百零四顆大珍珠，一共是一億兩千萬，還有十幾公斤的小珍珠，這一部分，袁總自己私人買下了，給了一百萬的現金，我也只當是半賣半送了，大珍珠並不是他自己要，而是轉賣給他的朋友，所以先給的四千萬支票是他墊付的。」

一邊的玉金山這才安下心來，心想：這些珍珠的價值果然跟他想的差不多，這一趟出海掙了一億多，想來自己的提議，玉長河肯定是不會有意見的。

以前，只要是他說的建議，玉長河都會二話不說答應下來，今天，胡雲是憑自己的實力，玉長河應該就更不會說什麼了。

玉長河點點頭。大體上的情況，趙成光早在電話中跟他彙報過了，所以不覺得驚詫，唯一不知道的是還有一部分的小珍珠，不過這也無所謂了。

趙成光又說道：

「還有，玉二叔，小胡打撈珍珠蚌時捕捉到的一條大烏賊，我剛在市場圈子中放出風去，便有十幾個地方打電話過來詢問，其中有海洋館、海洋科研院等等，不過，海洋館出價是一百六十萬，海洋科學研究院出價是六十萬，兩者相差了一百萬之多。甚至還有國外的公司諮詢，最高的價位出到了八十萬美金，這個……」

趙成光摸了摸頭，然後有些訕訕地瞧著玉長河道：

「這個，還得爸拿主意吧。」

趙成光的意思，玉金山不明白，但玉長河卻明白，像他們這種身分的當地鉅賈，最講究的就是一個表面光彩，背後幹的事雖然不乾不淨的，但表面出風頭的事卻是都爭先搶後要幹的。

海洋科學院是國家單位，與國家單位打好關係，好處多多，雖然按趙成光說的價錢來看，給海洋研究院會少五百多萬的收入，但有了一億兩千萬的珍珠收入，這點錢也就不算什麼了。

想了想，玉長河擺擺手，然後道：

「成光，這件事，你跟海洋科學研究院方面協商一下，我們不要錢，把烏賊捐給他們，但是要搞一個捐贈儀式。」

這話正合趙成光的心意，看來薑還是老的辣啊，這烏賊如果以六十萬賣給海洋研究院，那還不如直接捐贈給他們，區區六十萬有什麼用？收了錢，雖然少很多，但意義上就完全不同了，人家是掏錢買的，跟一分錢不要，那是兩種意義。

再說了，一般搞科學研究的單位，通常都是沒有油水的窮單位，有名譽卻沒有金錢，他們玉家卻是有金錢，缺名譽，這個交易當然做得過。

周宣也覺得這個玉長河有點手段魄力，自己也同樣會幹這樣的事。在這個社會中，強者生存，優勝劣汰，自己來到東海，在這條船上，要不是用異能做出這麼多令他們滿意的事，自己還不是一樣要被趕走，又要再流落下去。

趙成光笑呵呵地點了點頭，然後又問道：

「爸，還有一件事，就是這次要怎麼給獎金呢？」

雖然他跟玉金山同樣都會有績效獎金，但他們算是自己人，所以也沒有什麼好遮掩地說出來。

「你怎麼想的？」玉長河沒有回答趙成光，卻是反問了他。

趙成光嘿嘿笑道：「爸，我想，這次給船上的船員們每人八十萬獎金，二叔跟我一人一百萬，小胡嘛，嘿嘿，我看……」

趙成光又笑了笑才說：「我看給他一千五百萬，給他置業置家，讓他有家的味道，要留一個人啊，金錢是很重要，但更重的是家庭，如果他在這兒有家了，那就更好說了。」

第六十五章

一步躍龍門

玉長河沒想到的是，
周宣會有這麼雄厚的背景，這已經超出了他的想像，
他以為只要玉琪肯同意這門婚事，周宣就一定會答應下來，
這可是讓他一步躍龍門的事，他又怎麼能拒絕得了？

玉長河眼睛一亮，雖然對趙成光說的一千五百萬的獎金很不贊同，但對他說的置家立業的建議卻很贊同，這個辦法倒是可行的。

玉長河沉吟了一下，才問道：

「成光，你說的給胡雲置家，你有什麼想法？」

趙成光當即笑呵呵地說道：

「爸，要說這個，倒是好辦，大舅子那兒不是有新建好的豪宅嗎，挑一棟幾百萬的別墅當獎金送給小胡，別墅的所有權不是咱們家的嗎，咱們就給小胡來個拖字訣，就說程序問題，一時半會兒解決不了，但房子肯定是他的，這樣，小胡即使想走掉，那也捨不得丟掉幾百萬的別墅啊，這樣，咱們就可以把他牢牢地留在咱們這兒了。」

玉長河跟玉金山都呵呵笑了起來，趙成光這一手還真夠絕的。

趙成光笑笑著又說道：「還有，要說房子有了，錢有了，然後就是女人了，一個男人有了家，有了老婆孩子，你就是趕他走也趕不了的。」

說著，他把頭轉到玉琪那個方向，說道：「琪琪，這事，就靠你了。」

玉琪臉一紅，隨即啐道：「這關我什麼事？」

玉琪有些害羞，面子上掛不住，她以為姐夫趙成光是說讓她嫁給胡雲，把胡雲留在玉家，面上的神色是又羞又怒。

趙成光呵呵一笑，說道：「琪琪，你認識的漂亮女孩子那麼多，給胡雲介紹一個，讓他成了家，這有家有室的，他還能往哪兒跑？」

玉琪一愣，這才發覺姐夫並不是說她，是自己誤會了，臉上頓時惱羞成怒道：「我哪有美女介紹給他？再說了，瞧他那樣，漂亮的，能瞧得上他？能跟他？」

「這你可就想錯了。」趙成光擺擺手說道，「現在的女孩子，無非是想嫁個有能力的老公。俗話說得好，嫁漢嫁漢，穿衣吃飯嘛，現在的女孩子都很現實，越是漂亮的，嫁的老公越有能力，這年頭，帥哥不値錢了。」

趙成光這話倒是說得十分實在，玉琪也贊同他的觀點，不過嘴上卻肯定不贊同，哼了哼，說道：「鬼才信你的，我也不是說帥哥就好，但絕不是看有沒有錢的，你那是勢利。」

趙成光呵呵地笑了笑，也沒有再說什麼，他跟玉琪的姐姐結婚多年了，兒女都有了，所以在玉長河面前自然也不用忌諱什麼，說他勢利就勢利吧，不過在這個社會，哪個人不勢利呢？

玉長河聽到趙成光的話後，忽然心中一動，又瞧了瞧女兒玉琪，心想，要是這個胡雲變成自己的女婿，那就毫無疑問會幫玉家出力了，而且自己也放心。不過也知道小女兒玉琪一向心高氣傲，一般的人，她可是不瞧在眼裏。

但現在氣氛還不錯，不如趁機把胡雲叫來一起吃頓飯，然後探探他的口風，也可以當面試探一下胡雲的深淺，看看其他方面的能力怎麼樣。

「成光……你上樓去請胡雲下來，說咱們玉家今天請他到家裏吃頓飯，順便聊一聊，也謝謝他給我們玉家漁船做出的貢獻。」

玉長河揮手讓趙成光去請周宣下來，然後又把佣人吳媽叫過來，吩咐她菜做豐盛一些，要請客人來。

趙成光一喜，這樣更好，老闆這樣的態度，那小胡也沒有什麼不滿意的了，老闆親自請客招待，金錢上物質上同樣也給得不錯，這顯然極有誠意。

看著趙成光歡天喜地去了，玉長河又沉思起來，自己有心面試周宣的事，現在當然不能表露出來，得看形勢再說。

女兒喜不喜歡不重要，關鍵的是他自己滿不滿意，如果他面審通過了，覺得周宣完全配得上玉琪，又能給玉家帶來超乎想像的幫助，那就賠上個女兒也沒關係。再說，這個胡雲年紀輕輕的，只要有本事幫玉家掙到大錢，那他自己當然一樣也能夠榮華富貴的，女兒一生自然就能幸福了。

現在的人，說什麼生死感情，天荒地老，海枯石爛，兩情不渝，這都是狗屁，餓你幾頓不吃飯，只怕是跳起來狗食豬食都能吃了，哪還能為情人付生付死？都是面子上的話，演戲演得好，無論什麼，都比不上手中有錢來得硬。

玉二叔也微微直笑，對玉長河安排趙成光去請胡雲下來吃飯的事很高興，只要他們對胡雲好，想必他也會投桃報李吧？

玉琪還真有些害羞，剛剛趙成光的話無意中觸動了她，雖然自己沒那樣的想法念頭，但話說出來，畢竟還是有些羞人，自己可是誤會了。

在樓上，五樓的房間中，周宣卻慌了起來，這個玉長河要請他到他家裏吃飯，自己可不習慣，而且看來這個玉老頭心機深沉得很，遠非趙成光等能比擬的。

不到兩分鐘，趙成光就上來了，敲了敲周宣的房門，然後就推門進去，笑呵呵地對周宣說道：

「小胡，好事好事，我岳父，也就是你的大老闆，要請你到家裏吃頓便飯，呵呵……」

然後把頭靠近了些，聲音也放低了兩分，說道：

「小胡，我已經跟我岳父提了獎金的事，他會給你準備一份你意想不到的禮物哦。呵呵，雖然是我提的意見，但我還是跟你保密一下，等到你知道的時候才會有驚喜。」

周宣苦著臉，還能有什麼驚喜呢，一切都被他聽到了，給棟沒有房產證的房子，然後再給他找個老婆，這樣的驚喜還是不要也罷。

本來是想躲到天涯海角，躲得遠遠的，然後安安靜靜待著，但事情一步一步竟然遠離了自己的想法，只想運用能力來得到這份自己喜歡一點的工作，卻沒想到給他帶來的不僅僅是工作，而且還是不可控制的新生活。

看來，他想平靜的生活，那只是一種奢望，除非他完全不再使用異能。

本待再推託一番，但趙成光不容分說，拖起他就往樓下走。

周宣無可奈何。趙成光現在興奮得很，上一次出海淨賺五百多萬，而這一趟更加驚人，其他的部分不算，現在已經收入了四千萬之多，無論怎麼說，周宣都給他掙了大面子，讓他能抬頭做人。

到樓下客廳裏，所有的擺設周宣都不陌生，異能探測比用肉眼看的更清楚更實在。

客廳裏，玉長河、玉金山坐在首位的大紅木椅上，玉琪坐在邊上。

趙成光恭敬地對玉長河說道：「爸，小胡來了。」

玉長河眼光在周宣臉上一掃，很犀利，彷彿要刺透進心裏面一樣，但臉上卻堆滿了笑容，說道：「小胡啊，請坐請坐。」

周宣在玉長河對面的椅子上坐了下來，接著，吳媽又趕緊過來給周宣端了一杯茶。周宣接過後點頭說了聲：「謝謝。」

玉長河瞇了瞇眼，周宣給他的感覺並不像表面看到的那樣普通，有些事裝也裝不來，這些簡單的禮貌應對，可不是隨便找個鄉下人就能扮得來的，扮的人扮得了形，卻是扮不了神。

玉長河又問了些周宣的身分和來歷的話題，周宣也都一一用想好的話來搪塞掉了，沒有露出破綻。不過看得出來，玉長河也不會就此輕易相信。玉長河心中沒說出來的念頭，那是周宣不知道的。

「小胡啊，我是個直爽的人，聽了成光的話，你可是個能手啊，呵呵，來來來，坐下說坐下說，別客氣。」

玉長河越是這樣說，周宣就越不相信他是個直爽的人，不過自然也不客氣了，在玉長河面前，他根本就不用低聲下氣，按自己的想法低調做事就夠了。雖然之前已經不太低調了，但後面還是考慮著要收斂一些，只打魚，保住自己的工作就好，別的還是不要搞得太驚人。

玉長河跟周宣說說笑笑談著天，但越談越覺得周宣這個人像謎一樣，無論他怎麼問，周宣的回答都是滴水不漏。

玉琪在一邊有些生悶氣，當然她不是針對周宣，而是針對老爸玉長河的。二哥對她做出了那樣的事，結果就只是派了個人把他送到國外，還處處安排好了，半點懲罰都沒有，有錢有物，依舊過他的享受生活。

雖然生在玉家這樣的富裕家庭，但玉琪卻是不由自主的悲哀，重男輕女到了這個程度，雖然她也並不想把二哥玉祥怎麼樣，但老爸也不應該那麼偏心，這麼忤逆的事都不懲罰，對玉祥來說，並不是好事，這是對他的縱容，只會讓他以後更加的大膽，讓他受害更深。

其實玉長河不是不想懲罰一下玉祥，但時間緊迫，根本就沒有時間容許他任玉祥留在國內，要是等上頭的行動一開始，那時，玉祥想要出去也不能夠了，後果不堪預料。

對普通人來說，這些人的眼中，玉長河就像神一般的存在，想要跟他們玉家一較高低，是癡人說夢。但玉長河自己卻明白得很，他這樣的一個商人，什麼都算不上，人家要你生就生，要你死就得死，其實沒有半點的反抗能力。

「小胡，你對在船上的工作，有什麼要求和想法沒？」

說了半天，玉長河終於把話題扯到了他們想瞭解的問題上，看看周宣自己有什麼要求，比如對這次的獎金問題。

周宣淡淡一笑，然後隨口說道：「我沒什麼別的要求，上次趙經理和玉二叔也都說了，一百萬的年薪，再加上提成，我覺得夠了。」

玉長河心裏一喜，但臉上卻不動聲色，審試了一下周宣的表情，看看他有沒有說反話的意思，但從周宣的表情上，他看不到一丁點的其他意思，淡淡的，似乎對年薪很滿意，也沒有對獎金有其他的企求，總之，是一種很淡然的態度。

這個表情，玉長河甚至覺得周宣有點像老僧出塵的味道。

吳媽花了兩個小時做了很豐盛的菜，在餐廳裏擺好後，玉長河便請了周宣過去，玉金山也過去陪著。

吃飯的一共有八個人，玉家七個，玉長河，玉金山，玉琪、玉嬌姐妹，趙成光，玉琪的爺爺奶奶，外人就只有一個周宣。

周宣不飲酒，趙成光和玉金山因爲兩個老人家在，也就都不飲酒，所以周宣很快便結束了他的晚飯，然後禮貌地站起身說道：

「兩位老人家，玉先生，二叔，趙經理，你們慢慢吃，我先告辭了。」

玉長河笑笑道：「要不再坐一會兒，聊聊天，話話家常。」

周宣搖搖頭道：「多謝玉先生的好意了，在船上沒怎麼休息，覺得有點累，想上樓休息一下。」

玉長河點點頭道：「那好，你上去休息吧，累了是要好好休息，身體是本錢嘛，以後有時間再聊，你去吧。」

等到周宣走了後，趙成光怔怔地說道：

「爸，說了這麼久，卻沒有提起他獎金的事，這一次，我們到底要給他多少獎金？」

趙成光說完又補上道：「我是說獎勵他一棟房子後，另外再給多少現金的獎勵？」

玉長河皺了皺眉頭，然後答道：

「我是這樣考慮，成光，金山，你們拿一百萬，甚至更多，我一點意見都沒有，但船上的其他船員就不必給那麼高的獎勵了，說到底，這兩次的大收穫與他們沒有半點關係，如果不是這個胡雲，他們又哪裡有這個機會？換了其他人到船上，也會是一樣的情況，所以我認為啊……」

玉長河說到這裏，眼睛瞄了瞄幾個人，然後淡淡道：

「我認為，給福貴他們每個人十萬吧，當然，給你們的獎金就不要透露出去，而那些珍珠的交易和價格也不要透露，我們自然是不怕他們不滿意或者以辭工相逼的，我給他們這個獎金，那還是瞧在他們辛苦了一場的份上，我們要考慮的，只是胡雲一個人。」

聽到玉長河的決定，玉金山和趙成光都很出意料，但也不覺得奇怪，玉長河說得也沒有錯，船上的其他船員得到高額的獎金，那全是因為周宣，如果不是他，其他人還不一樣，有可能只有一千幾百塊的收入，現在是淡季，收入低是肯定的，周宣上船後這兩次的獎金，便足夠他們幹幾年才能得到這麼多的。

周宣在樓上自然是用異能探測著，這個玉長河，確實是個心機深手段狠的老狐狸，趙成光準備每人七八十萬的獎金，到他嘴裏，便變成了十萬塊。

玉長河又說道：「我考慮的還是這個胡雲的問題，他是個人才，這已經不用再證明了，對於人才的安排是最傷神的。我最搞不懂的就是，他到底是爲什麼來到我們東海的呢？是有能力卻沒有伯樂慧眼，所以才來到東海打工掙錢的鄉下人呢？還是有其他原因，本身見過世面卻要扮豬吃虎的人？」

玉長河說出了他的疑慮，說著，把碗筷都放下了，站起身踱起步子思索起來。

玉金山和趙成光也都皺著眉頭思索起來，他們確實沒想到這一點，玉長河的腦子確實比他們想得更遠更周詳。

玉長河想了想說道：「成光，金山，這個胡雲，我不否認他是我生平僅見的人才，如你們所說的那樣，我們就算給他一棟房子，再給他找個老婆牽絆住，但知人知面不知心，誰知道他會不會離開，會不會被別的人挖走？若說是以前，我倒是相信，只要是在東海這個地界，都會給我們玉家一份面子，不大可能會從我們手中挖人，但現在……」

說著，他嘆了口氣，憂心忡忡地道：

「如今可是多事之秋啊，玉祥再不爭氣，終究是我們玉家的骨肉，上頭要抓不法，他幹的事我也保不住，如果不早點善後，還會把我們玉家整個都牽連進去，所以只能委屈琪琪，不是爸過分，也不是爸偏心，實在是現在時間緊迫，公司改革必需馬上進行，而你二哥，也得馬上送出去，只有等這事平息後他才能回來。這還只是我的打算，要是情勢危險，你二哥……恐怕是永遠都回不來了。」

玉琪一怔，瞧著父親眉頭深鎖的面容，這才發覺事情的嚴重性遠遠超出她的想像，聽了父親的話，她心裏舒暢了很多，原來老爸不是不想懲治二哥，只是時間不容許他再耽擱下去。

「爸，我知道了，你就放心安排吧，我不會再去怪二哥了。」玉琪嘆了口氣，安慰著父親，終究是一家人嘛，二哥再是過分，但把他逼到了國外，亡命天涯，那也夠了。

玉琪想了想，然後又問道：

「爸，我是真心想要那個胡雲來幫我忙，我有把握能把公司改制過來，這個胡雲是我進行改革的關鍵，我不是跟爸說氣話的。」

玉長河沉吟起來，女兒玉琪的話，他也不得不考慮，玉琪的能力在四個子女中算是最強的，所缺的只是一個能讓她施展的平臺而已。

不過，玉金山卻又當即說道：

「不行，琪琪，不是二叔要跟你搶人，而是這個小胡，他在船上能給我們玉家帶來的收穫，要遠大於到你那兒做事，把他的能力最大化，這對我們只有好處而沒有壞處。」

玉長河皺著眉頭，女兒跟堂弟的意見他覺得都有道理，但不可能把胡雲分成兩半吧？

想了想，玉長河忽然抬頭盯著玉琪，凝神看了好一陣子，看得玉琪都發毛了。

「爸，你……你怎麼了？」

「琪琪，你過來。」玉長河對玉琪招招手，說道，「我有話跟你說。」

玉琪不知道老爸要跟她說什麼話，怔怔忡忡地跟了他走出餐廳。

在客廳中，只有玉長河跟玉琪兩個人，玉長河這才低聲地問著玉琪：

「琪琪，爸爸問你，你覺得這個胡雲怎麼樣？」

「他怎麼樣關我什麼事呀？」

玉琪臉紅的回答著，頭先被姐夫趙成光的話弄了個紅臉糊塗，現在老爸又說了這麼一句沒頭沒腦的話，難道真是要自己介紹一個女友給他？

沒想到玉長河卻是說道：

「琪琪，我是想，把你嫁給胡雲。」

玉長河這句話把玉琪嚇了一大跳，樓上的周宣也嚇了一跳。周宣沒料到玉長河竟然說了這麼句話出來，而玉琪嚇得腦子都糊塗了，好半天沒有反應過來。

玉琪愣了半晌後才急問道：「爸，你說什麼呢？」

「爸可不是跟你開玩笑，」玉長河沉著臉，慢吞吞的說著，「這個胡雲，是我們玉家今後的生存關鍵啊，你看看，他這兩次出海，給咱們玉家帶來了整整一億兩千多萬的利潤，這個數目，爸以前可是花了二十年才掙到這個身家。現在，你也看到了，你大哥管理的房地產，現在房市冷淡，房子建好了賣不出去，咱們玉家的絕大部份資金都押在了那上面，而你二哥又涉及到許多違法的事，如果不及時處理掉這些尾巴，玉家還要受牽連。咱們玉家的真正收入來源，現在得靠漁業鼎力支撐了。當然，以以前的收入狀態，自然是不能夠支撐玉家的產業的，但現在不同了，這個胡雲可真是個奇人，也可以說是我們玉家的福星，解玉家的危難於水火之中啊！」

玉琪怔了起來，老爸說的話，她不是不明白，用她的眼光來看，胡雲對玉家的危機絕對有起死回生的能力。但不是說胡雲有管理能力，而是按她的想法，由她來操作，把胡雲推成一個巨星，自己能從他身上得到極大的利益收入。

但無論怎麼算，都及不上剛剛老爸說的，胡雲在海上的收入多，兩次出海，短短的幾天中，就得到了一億兩千多萬的淨利，這個數字，就是她操作得再好，只怕也是要一年半載，或許更長時間才能達到，在短短幾天內，她就是神仙也辦不到，但父親卻因爲這個原因，就要把她的幸福放到這個陌生人身上，她願意嗎？

玉琪當然不願意，就算她喜歡，也不願意被父母逼著做這樣的事，但身爲玉家的子女，看著父親的焦慮，看到玉家現在面臨的危機，她退縮了。

玉琪又想到，被綁架後，周宣對她的拼死相救，雖然這個人看起來稍顯普通了些，但跟他待的時間長些，就覺得他很有男人魅力，一個男人的吸引力，不是他的相貌、金錢，而是他一言一行所表露出來的行爲。

玉琪想了想後才發現，她對周宣並沒有抗拒的心理，雖然周宣跟她說手機錄音要收五千，但她知道，那是周宣故意那樣的，如果真要敲詐她的話，又哪會只有五千塊？就是五百萬也不過分，按他給玉家兩次出海就掙到了一億兩千多萬的龐大數目，給他幾千萬也不奇怪啊。

玉琪氣憤的心慢慢地平靜下來，瞧著父親那堅定的表情，就知道她反抗也沒有用，父親決定了的事，就沒有人能反抗的了，就當是自己爲了玉家做出犧牲吧。

「爸，我答應你。」

玉琪把頭垂下去，低聲的回答了一句，眼淚卻是忍不住撲撲的滴落下來。

玉長河嘆了一聲，伸出手輕輕撫摸著女兒的頭髮，半晌才道：「琪琪，爸虧欠你的最多，以後爸會補償你的。」

玉長河想了想，又說道：

「琪琪，這個胡雲，爸其實也不瞭解，認識時間這麼短，想瞭解也不可能，這件事雖然這樣說，但不表示就一定得這樣做，最好是你主動試探一下胡雲，如果你們自己能好上，那我們也不用急著跟他走得這麼快，只要你們好上，那胡雲一定就會爲我們玉家出力，只要漁業上的收入能支撐玉家其他產業的支出，那就能頂住我們玉家不垮，等到樓市的寒冬過去，你管理你二哥的公司走上正途，那時才算是成功了。」

玉家父女在樓下的商議，讓周宣哭笑不得，這一家人稀奇古怪的，爲了財產互相較勁使力，尤其是玉祥和玉長河父子，玉祥爲了財產不惜把親妹妹給沉到海底，玉長河則是爲了家產，不惜把女兒給嫁給一個不知根底的陌生人，只因這個陌生人能給他們玉家賺到大筆的財富，還有一個沒見過面的玉瑞，想來也不是什麼好鳥。

周宣可以說是很不喜歡這一家子人，如果不是想在玉家的船上待下來，這一家子人，他一個也不想打交道。

玉長河對他是算盡了無數的心機，處處防著他，又要牽制他，不讓他跑掉，又不想給他太多的錢，最後甚至還想要把女兒嫁給他，這樣的話，他就得替玉家兢兢業業的幹活了。

周宣惱火起來，一邊尋思著要怎麼來解決這件事，一邊又苦惱的練功解憂，別說他還不是初出道的菜鳥，以他現在的經驗和能力，玉家要用金錢來收買他，根本是白費心機，更別說是用玉琪的美色了。

玉琪並不算是一個出色的美女，只是生在這樣的家庭，又出國留學了幾年，見識和氣質自然與普通的女孩子不一樣，但她遠不夠去吸引到周宣。

周宣對美女已經免疫了，要說到美色，玉琪與傅盈、魏曉晴魏曉雨姐妹相比，差得可太遠了，再論金錢和權力，就更沒得談了，所以玉長河的心計對周宣來說，沒有半點的作用。

周宣平時面對的是魏李兩家這樣的顯赫人物，一個小小的玉長河又如何能在氣勢上壓得住他？

就是周宣認識的其他的女孩子，隨便哪一個都要比玉琪強上一籌，如上官明月，比起傅盈幾個人也不遜色，周宣一樣瞧不上，玉長河一開始就估計錯了。

他沒想到的是，周宣會有這麼雄厚的背景，這已經超出了他的想像，他以為只要玉琪肯同意這門婚事，那周宣就一定會答應下來，這可是讓他一步躍龍門的事，他又怎麼能拒絕得了？

周宣煩躁的練著異能，但終究是靜不下來，一大部份原因不是為了玉家的事，而是思念起傅盈來了，因為玉長河的事讓他情不自禁的想念起傅盈來。

在床上躺了許久，周宣睡不著，對傅盈的思念讓他無法抑止，翻身坐起來，把自己原來的手機晶片找出來，重新換了上去。

周宣猶豫了許久，終於把手機開了機。

螢幕上顯示出畫面後，周宣的心情頓時緊張起來。

果不其然，手機在運行正常後，立即響起了一下又一下的短訊接收訊號，從聲音來看，至少超過了一百條。

周宣顫抖著手打開第一條短訊，是傅盈傳的。

「周宣，你在哪兒？你快回來吧，是我錯了，我不能離開你，就算我沒有了那段記憶，但我們可以重新開始，周宣，你趕快回來吧……」

「周宣，你在哪兒？我想你！」

「周宣，我想你……」

周宣一條接一條的看著，淚水一下子迷濛了雙眼，眼睛什麼也瞧不清了，好一會兒才平靜下來，再接著看下面的短訊。

絕大部份都是傅盈發出來的，也有妹妹、弟弟和魏曉晴、魏曉雨姐妹，還有洪哥、李爲等人，其他人沒有發短訊，是因爲不會使用手機發短訊，就像老李和老爺子，父母也一樣，他們沒發訊息，不表示不想念自己，不擔心自己。

周宣滴著眼淚看著短訊，正看著的時候，手機忽然響了起來，這一次卻不是短訊的聲音，而是鈴聲。

來電顯示上清晰的顯示著「盈盈」兩個字，周宣頓時手忙腳亂的把手機關了，心裡又難受又激動。

盈盈並沒有離開京城，還在家中，後面的短訊裡還寫到，就算周宣一輩子不回去，她也會等一輩子，看到這樣的短訊，周宣又如何還能平靜下來？

顫抖哆嗦了一陣，周宣再也不敢開機，想了想，還是把舊晶片取了出來，換上新卡，把舊的晶片卡藏到床墊下面。

天差不多也黑了，周宣索性跑出去，到村裡的書店裡買了一大疊書回來，對失眠的最好治療辦法就是躺在床上看書，每次只要睡不著覺的時候，拿本書看，周宣就能在短短五分鐘之內睡著。

回到五樓後，周宣關上房門，然後躺到床上，隨便挑了一本書來看，當腦子裡都被書裡的字意充斥時，鋪天蓋地的睡意襲來，不到五分鐘，周宣就睡著了。

第六十六章

陰差陽錯

從前天聽到的話意來推測，
許俊誠八成是趙成光那個珠寶朋友的客人。
只能用陰差陽錯來形容，周宣心如電轉，
趕緊在倉庫裡找了一套潛水服穿在身上，
又戴了眼罩和口罩，這樣想看出周宣的面目就難了。

第二天一大早周宣就醒了，爲了不被玉琪的事煩心，洗了臉漱口後就悄悄摸下樓走了，在鎮上的超市裡到處亂轉著打發時間。

他的新手機號碼只有福貴一個人知道，在超市裡逛了一陣後，又給福貴打了個電話，囑咐他不要將他的手機號碼告訴別人，如果是出海的事，再打電話通知他。

晃了一整天，福貴也沒有接到出海的通知，所以周宣也沒打算回到玉家的別墅，在酒店裡開了房，睡了一晚。

天亮後，周宣讓酒店服務生送了早餐到房間裡，吃了早餐後，正準備再睡一覺，卻接到了福貴的電話。

「兄弟，你去哪兒了？聽趙成光說，你不在他們家的別墅裡，昨晚一晚沒回去，辦什麼私事了？」福貴急急的問著。

周宣輕笑道：「有點私事，福貴哥，有什麼事？是不是要出海了？」

福貴這才「哦」了一聲，然後說道：

「是啊是啊，二叔說了，讓我找到你，今天早上十點出海，這是第一次白天出海，以前可都是凌晨才出海的，還真有些不習慣。」

周宣看了看時間，才八點半，如果十點鐘出海的話，那就得九點半以前到，還有一個小時，時間倒是來得及，從酒店這兒搭車過去，最多四十分鐘。

「好，福貴哥，我九點半之前會趕到船上，到時見。」

掛了電話後，周宣整理了一下，沒有行李是很方便的，不過在船上沒有換的衣服，時間還夠，所以到超市裡買了幾套衣服，然後才搭了計程車往海邊港口趕去。

到海邊時，時間才九點二十，離約定的時間還早了十分鐘，船上一個人都沒到。

周宣看船上的筐子都裝好了，顯然趙成光早安排了人送過來放好了，在船邊待了一陣，福貴和福寶福山三個人都到了。他們三個人家離得很近，所以便結伴過來。

老江接著來了，他是坐送貨的小麵包車來的，裡面是他採購的許多在船上吃喝的食品。周宣和福貴四個人幫忙把東西搬到倉庫裡，然後就等玉二叔幾個人來了。

福貴看了看表，差不多九點四十了，嘴裡便嘀咕起來：

「玉強、關林這兩個傢伙，把自己當船長了是不是？以前還有可能，現在有小胡兄弟，哪輪得到他們？小胡這麼努力，全船的人都是靠小胡兄弟，這兩個傢伙還裝大不成，時間都到了還不來。」

周宣淡淡一笑，倒是無所謂，反正他也沒把那兩個人當成自己的對手。

上一趟出海，趙成光和玉二叔兩人拿了一百二十萬的獎金，而福貴等幾個人則只拿了十萬元的獎金，雖然與預想中的差了些，但十萬元同樣也是一筆巨大的收入，再怎麼樣也不能跟老闆較勁啊。

實際上，沒拿到獎金的，就只有周宣一個人，倒不是玉長河不給他，而是已經商量好了，給他獎勵一棟價值三百五十萬的別墅，是玉氏自己蓋的樓房，當然，是不給權狀的。現金獎勵方面，玉長河最後決定給周宣一百五十萬，總獎金五百萬。

雖然與趙成光和玉二叔的預期差得遠了，但勉強還能接受。他們兩個爲周宣爭取獎金，有一多半還是爲了他們自己，因爲把周宣牢牢抓住了，他們才能得到更多的財富啊。

幾個人就在甲板上聊著天說著笑，將近又過了十分鐘，岸邊才開來了兩輛車，其中一輛是趙成光的寶馬。

岸邊離船上的距離只有幾十米，周宣的異能輕鬆探測得到，看到兩輛車停下來後，車裡似乎有好些人，周宣當即運起異能探測過去。

其中一輛車裡是玉強和關林，趙成光的那輛車裡坐的是玉二叔，玉二叔身邊，還坐了一個中年男子。

周宣異能一探測到這個男子時，頓時大吃了一驚，坐在趙成光車裡的另一個人，竟然是周氏珠寶的總經理許俊誠。

他怎麼會跟趙成光和玉二叔在一起？難道是知道了自己的身分，要來把他帶回去的？

周宣一時驚疑不定，趕緊跑到船艙裡面，不敢收回異能，仍舊探測著外面。

趙成光把車一停下，隨即和玉二叔幾個人陪同著許俊誠上了船。

趙成光一邊走一邊說道：

「許先生，請上船吧，打撈到珍珠蚌的胡雲就在船上。」

周宣呆了呆，急了起來，看來趙成光和玉二叔並不知道他的真正身分，之所以把許俊誠帶過來，從前天聽到的話意來推測，許俊誠八成是趙成光那個珠寶朋友的客人，也就是來買那些大珍珠的京城客人。

只能用陰差陽錯來形容，周宣心如電轉，趕緊在倉庫裡找了一套潛水服穿在身上，又戴了眼罩和口罩，這個樣子，要想看出周宣的本來面目就難了。

趙成光陪同著許俊誠到了船上，然後問福貴：

「福貴，小胡到了沒有？」

福貴指著船艙裡說道：「早到了，在艙裡呢。」

趙成光當即對著船艙的方向叫道：

「小胡，出來吧，給你介紹個客人，想問一問你珍珠蚌得來的經過。」

玉二叔在甲板上的叫聲，讓周宣有些慌亂。

周宣鎮定了一下，然後走出去，在甲板上，看到許俊誠心裏還是有些激動。

船上的幾個人見到周宣這副模樣走出去，不禁都詫異起來。

玉二叔問道：「小胡，你這是幹什麼？」

周宣伸手摸著喉嚨的位置，咳了咳說道：「等一下出海後，我想到水下先看一看，早早準備一下，沒什麼別的意思。」

玉二叔「哦」了一聲，然後又關心地問道：

「小胡，你的聲音怎麼有些沙啞？是不是生病了？」

「沒有沒有。」周宣趕緊搖著頭回答道，「昨天跟朋友吃多了麻辣火鍋，所以聲音有些沙啞，過一兩天自然就好了。」

玉二叔這才放了心，然後又指著許俊誠介紹道：

「小胡，這位是採購珍珠的許先生，城裏來的客人，想來跟你談談珍珠方面的事情。」

「珍珠方面的事？」周宣故作怔了怔，然後搖頭道：

「不好意思，我對珍珠一竅不通，許先生，你還是找別人吧。」

許俊誠淡淡一笑，說道：「胡先生，我不是跟你談對珍珠的瞭解，我是想跟你談一下，你上次打撈到那些海水珍珠蚌的地方，那裏還有沒有珍珠蚌？」

看到周宣呆著不說話的樣子，許俊誠趕緊又說明著：

「不好意思啊，我的意思不是讓你帶我們去找那個地方，而是你繼續打撈，我高價向你收購，只要你們願意，我們可以簽一個合作協定，我保證比市面上的價格略高一些來收購，而且絕對以現金的形式支付，這樣可以嗎？」

周宣停了停，然後搖了搖頭說道：

「沒有辦法啊，許先生，上次到的那個地方，珍珠蚌都已經打撈完了，那可不是人工培育的，撈完了就沒有了，所以即使再去到那裏，也是不會有收穫的，很遺憾幫不了你，如果有可能，我們也當然願意跟許先生合作了。」

許俊誠「哦」的一聲，臉上略有些失望的神色，點了點頭便再沒有說話。

周宣之前也曾聽到許俊誠向他彙報過，說是想再引進珍珠飾品的產品，只是現在的珍珠飾品市場走低端產品的居多，賺不到大錢，所以他想引進的是高級精品，這一次的珍珠如此之質高形大，正合他的需要。

在見到那一百零四顆的大珍珠後，許俊誠大喜若狂，進而追蹤珍珠來路，聽說是從某艘漁船上的打撈成果，心裏便一喜，既然是打撈到的，說不定這珍珠蚌便是一個珍珠聚集生長的地方，如果聯繫到打撈的人，就可以完全把這條線的珍珠蚌收購到手中，對於他想發展高級精品路線的計畫就更加有利了。

而周宣打撈的那些珍珠，即使小一些的，同樣也是珍品，雖然比這些大珍珠差了些，但比起一般人工培育的珍珠，價值卻是高了許多。而那一批，數量更是多達十幾公斤，這個數量對於許俊誠來說，更是十分理想。

許俊誠雖然沒有說出來，但周宣明白他的意思。打撈珍珠蚌的海溝裏，確實還有不少的珍珠蚌，但大顆的基本上被他打撈光了，剩下的都是稍小些的，但蚌裏最大的珍珠還是能值上數萬至幾十萬的價錢，剩餘的數量也遠比撈起來的要多。

上一次是因爲下水太久，周宣怕船上的人擔心，又要反覆從海溝裏游到溝上放進網子中，所以花費的時間特別長。如果要完全打撈出來，周宣得讓玉二叔去採購一套比較好的潛水設備，至少氧氣瓶支撐的時間要夠長，這樣才可以蒙過去。

現在，當著許俊誠的面，周宣不能答應，他知道，只要一答應下來，後面要跟許俊誠打交道，這樣的話，未免太危險了。

當然，如果周宣有機會的話，還是會把那些珍珠蚌打撈起來，然後讓趙成光直接跟許俊誠聯繫。

但這要等一段時間再說，許俊誠這一次已經收購到如此多量的優質珍珠，無論如何，還能支持數月之久的時間，到那時，周宣再找機會把剩下的珍珠蚌打撈起來。

許俊誠到船上來，就是想辦好這件事的，但見周宣一口便回絕了，想想也許真是沒有了吧，在海裏，又不是人工養殖場，怎麼可能會有那麼大的數量呢？

雖然臉上略有些失望的神色，但許俊誠還是從衣袋裏取了幾張名片，遞給周宣和玉二叔幾個人，然後說道：

「打擾你們了，沒有也是沒辦法的事，如果以後還能打到珍珠蚌的話，就請跟我聯繫吧。」

周宣點點頭，說道：「沒問題，如果有那樣的機會，我保證聯繫你。」

周宣說的這個保證，在其他人看來，都以爲是隨口而應的一句客套話，不過周宣自己倒是知道，他說的絕對是真話，雖然自己離家出走，但自家的事，他又怎麼能不放在心上？

許俊誠看著戴著潛水面具的周宣，總覺得有些古怪，但也沒有生疑，因爲他根本想不到站在眼前的人，會是自己的老闆周宣。

許俊誠又客套了一下，接著就告辭離開了漁船。趙成光嘿嘿一笑，擺擺手，然後陪著許俊誠走了。

玉二叔看了看時間，十點整，手一揮，下達了開船的命令。

這一次是白天出海，太陽升得不高，但溫度挺合適，十二點過後，在太陽底下就很熱了。

到許俊誠走了，船也開了，周宣這才把潛水服脫了下來，然後訕訕地道：

「本想下水試一下，沒想到有客人來了，我沒失禮吧？」

玉二叔笑笑搖了搖頭，然後淡淡道：「無所謂，反正這些事也不是我們管的。」

要說失禮，周宣那樣的裝扮，怎麼不會失禮？不過在玉金山看來，都是無所謂的事，他只要周宣好好地在船上捕魚就行了，別的事根本不用去理會，外界接觸得太多，說不定反而可能把周宣的心搞野了，見到外邊的誘惑，被挖走的可能性就要大得多了。

再說這一次，玉長河處理獎金的事，玉金山和趙成光都覺得有些過分小氣了，好在周宣並不計較，也沒有多話，要是換了他們，肯定會生怨意了。

一次就給玉家賺了一億多，怎麼說獎金也應該超過千萬，但玉長河卻只給了五百萬，而其中三百五十萬還是玉家的樓盤，按地也是他們玉家樓盤的售價，說到底，其實只給了一百五十萬。

在船上，七個人在甲板上聊天喝酒慶祝，這一次拿到了十萬塊的獎金，怎麼能不興奮？

而福貴等六個人並不知道那些珍珠到底賣了多少錢，僅僅以海魚的分量是不可能拿到這麼高獎金的，雖然比預期的獎金要低一些，但得到的才是真正的收入，十萬，也同樣讓他們興奮不已了。

開船的是玉二叔自己，闞林在甲板上隨大夥一起熱鬧，不過他沒有喝酒，這是玉二叔規定的，駕駛的人是嚴禁飲酒的，在海上雖然遠比公路上要安全得多，但如果不注意撞礁撞船，那災禍也是毀滅性的。

福貴等人並不知道周宣拿了多少獎金，所以談話間都追問著。在船上，大家現在最感興趣的就是金錢了，這樣的收入，對他們所有人來說，都是不可想像的，即使是那些高級白領也沒有這麼快這麼高的收入，才出兩次海，一個星期不到，就拿到了十四五萬的獎金，說出去，也足夠自豪了。

周宣對於自己獎金的事，只是以不清楚而遮掩過去了，這兩天他都不在玉家的住處，福貴也是知道的。

吃喝了一陣，太陽快當頂了，溫度也高起來，七個人把地點換到了船艙中，玉強就趁機提議說來玩牌。

福貴幾個人當即笑呵呵地附和起來，「好好好，玩牌玩牌。」

玉強和關林相互望了一眼，心裏十分激動，這一次要是玩牌的話，那還不贏棟房子回來？個個都有十幾萬的財富在身，玩起來夠勁，也不用再像以前三百兩百的就要玩一整天了。

周宣淡淡一笑，說道：「我出去撒個尿。」

福貴當即也跟了出去，一邊走一邊笑道：「我也尿一個，等一下賭得興起的時候，免得又憋著。」

周宣是故意的，剛好福貴又要跟著出去，所以就沒開口叫他，要是福貴不起身的話，那他就要找個藉口叫他了。

在船舷邊，福貴尿到了海水中，側頭見周宣並沒有小便，不禁詫道：

「兄弟，你幹嘛？」

周宣笑嘻嘻地從褲袋裏拿了一副撲克牌出來，這是他趁玉強和關林不注意的時候偷拿了一副。

把封口打開，然後低聲對福貴說道：「福貴哥，其實我出來不是小便的，而是要提醒你一下，這牌有玄機。」

福貴怔了怔，然後問道：「什麼玄機？」

周宣當即把牌背後的花紋指給他看，「你看，這些花紋，在每張撲克牌的左上角處，與相應的牌面有暗記。」

說著，他把暗記的區別一一告訴給了福貴。

福貴一邊看著，一邊驗證，然後恍然大悟，當即惱道：

「狗日的……原來這牌有機關啊，難怪我老是輸錢……」

福貴一下子想起了以前的事來，每次他們都是以輸錢告終，原來是中了別人的詭計，中了圈套。

福貴一咬牙，怒火沖沖地轉身就要衝進去艙裏去，這很明顯，撲克牌是關林和玉強兩個人採購回來的，而且每次也都是他們兩個人贏錢，不管多少。只有上一次玩牌是他贏。

周宣卻一把拉住了福貴，低聲道：「千萬別衝動。」

「爲什麼不？」福貴惱道：「我就是要進去拆穿他們的奸計，這兩個狗日的，狗仗人勢的……」

周宣擺擺手，輕輕道：「別幹那樣的傻事，你現在衝進去跟他們發火，他要不承認，你能奈何？再說，那樣就能把以前輸了的錢要回來？」

福貴一想也是，怒火漸息，倒是問道：

「那……兄弟，你說怎麼辦？」

周宣淡淡道：「你依我的就好了，上一次，你不是贏了錢麼？我告訴你，那一局是關林做了手腳，已經在洗牌的時候把陷阱設好了，只是你們沒注意而已。他發給你們的牌，是從正面發出來的，而他發給玉強的那一手牌，卻是從最下面發的，那一把，他發給你三條十，發給玉強的是三條A，你記得嗎？」

福貴一怔，那次是他唯一一次贏到平生最多的錢，又怎麼會不記得？但聽周宣說，關林設局，發給他三條十，但發給玉強的是三條A，那自己最後怎麼倒是贏了？

現在回想起來，玉強的那一手牌是一對A，而不是三條A，那又是怎麼回事？

周宣笑笑道：「你別以爲是你運氣好，其實那一手牌是我暗中動了手腳，只是關林和玉強都不知道罷了，我錯開了他上面的一張牌，所以他發出來的就是一對A，而不是三條A了。」

福貴呆呆直發愣，好一會兒才說道：

「這麼說來，這一切都是你暗中在幫我？那你怎麼又不說出來讓我知道？我應該分給你一半的錢啊！」

「我根本就不在乎錢，福貴哥，在這條船上，你對我是最好的，人嘛，哪個沒有幾個知心朋友？我知道了關林和玉強做局害你們，又哪能任他們這樣搞下去？」

周宣淡淡地說著，「福貴哥，跟他們硬來是沒有意思的，也拿不回你們輸的錢，你最好還是假裝什麼事都不知道，然後挨個偷偷告訴福寶、福山、老江他們三個人知道，但切記要他們不要說出來。這樣，你們都能認出牌背面的暗記，他們就沒有優勢了。唯一的優勢就是他們會在發牌洗牌時做機關，這個就由我來負責，我會盯著他們，暗中破壞掉他們的設局，你們就玩你們的牌好了。」

福貴點點頭，低聲回答道：「好，你說怎麼辦就怎麼辦吧。」

福貴對周宣是莫名的信任。確實，周宣上船給他們帶來了這麼多的獎金不說，他贏錢後要請他去花天酒地，可周宣卻從沒跟他去過，到現在，他只請他吃了一頓飯而已。跟他以往的狐朋狗友比較起來，那些人都是酒肉朋友，有得吃喝才是朋友，沒錢的時候，比狗都不如。

周宣隨後又囑咐了一些讓福貴注意的話，然後才一前一後進去了。

第六十七章

洞曉先機

福貴眼見周宣鎮定得很，
莫名其妙地也感到鎮定，心也慢慢沉穩下來，
這時候洞曉先機，也有一種把握全局的感覺，
這種感覺當然是來源於更鎮定的周宣，
周宣給福貴的感覺實在是太強了。

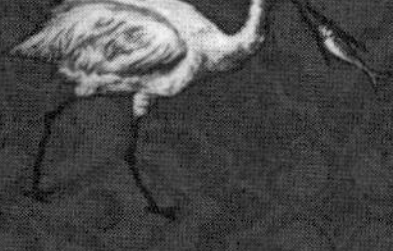

福貴這時候心裏有了數，對關林和玉強就要注意多了，只要有這個心，馬上就發覺到不對的地方了。

關林和玉強隨時都是相互得意地笑著，看到他們兩個洗牌的時候，確實手上有動作，這才知道以前真是上了他們的當了。不憑別的，就這牌背面上的機關就足以說明，只是沒料到他們兩個在發牌的時候就動了手腳。

福貴再看看福山，福寶，老江這三個人，一個個都是傻乎乎地擺錢出來，發牌的時候只盯著自己的牌，人家有沒有出千，有沒有搞鬼的動作，半點都沒有注意，這不輸錢才怪。

福貴直咬牙，不用罵福山他們幾個，以前自己還不是一樣，傻瓜一個，如果不是周宣的指點，他還會跟以往一樣，這一次手中又有那麼多錢，說不定還會輸多少呢。

一想到這裏，福貴背上冷汗直流。沒錢的時候，輸點小錢還無所謂，但有錢的時候，一想到萬一把手上那麼多錢都輸個乾淨，那可就麻煩了。

第一局牌，關林發牌並沒有動手腳，但發完牌，看到大家有的跟錢、有的扔牌後，看了看自己的底牌，然後笑罵道：「一把渣子牌！」說著就扔到廢牌中。

看到關林扔牌後，自然就沒有人會去注意他，關林也若無其事地把廢牌拿到手中洗牌切弄著。

牌場中，福貴這一把也早早扔了牌，暗中注意著關林，而一邊的玉強沒有看牌，而是跟福山他們幾個下暗注。這是他們兩個商量好的，由玉強吸引他們的注意，關林來洗牌設局，因爲關林的手腳比較快。

不注意不知道，一注意到，福貴馬上就看懂了。

福貴親眼瞄到關林往牌面上放了幾張大牌，又把下面的牌面洗好，只是不知道他設好了幾個人的牌面，上一次就給了他三條十，如果不是胡雲暗中幫他的忙，他早就輸了個精光。

福貴因爲周宣的囑咐，進來後就挨著他坐在一起。

在關林洗牌做手腳的時候，周宣偷偷地用極低的聲音對他說：

「福貴哥，我在你前面，以後的每一局，要是我暗注的話，你就儘管暗注拼到底，別怕，你會贏；要是我提牌看了，你就不要跟注，扔牌就好。」

因爲大家都有錢了，所以關林在牌局前已經說好了，封頂五百，看牌一千，暗注最大就是兩百，暗二跟五的話，兩百就需要跟五百塊，這樣極划算，這也是關林和玉強設計好的。

因爲要方便，鍋底都變成了十元的，有時候快的話，一小時能進行三四十次，十個小時就三百次牌局，運氣不好的會連輸到頭，連鍋底都撿不到一次。這樣的話，就算沒跟人拼牌輸錢，鍋底就會輸三四千塊。

玉強爲了能在第二局上發牌，在第三手暗注上便提了牌看底牌，然後微微一笑，說道：

「呵呵，有個不大不小的對子，沒辦法，放五百塊吧。」說完就數了五百塊錢放進去。

這時候還在場地的，就只有福山了。福山早看了底牌，是一對三，對子當中僅僅大過一對二的小牌，這麼一對牌，剛剛跟的只是十來塊錢，但現在要再跟進的話，就得放五百塊，要看玉強底牌的話，就得放一千塊進去，太不划算了，又沒有贏的把握。

再說，玉強剛剛還說，他的底牌是一對不大不小的對子，這話連鬼不信，肯定是順子以上的牌，最有可能的是金花，否則他哪會一下子扔出五百塊錢來？

周宣面無表情，玉強的底牌是三張垃圾，散牌最大的連個J花都沒有，這明顯是吃雞詐福山，但福山肯定是不會跟這一手的。

福山沒有那個膽量，當然，不跟是最好的，也合了周宣的心意，要是他跟了就肯定贏，而關林做好的牌盒子也就沒有用處了，輪不到玉強發牌，他們設的牌局自然也沒有用了。因爲今天大家都有錢，關林和玉強早就商量好了，慢慢來做局，先把他們拉下水，這樣拼起來才夠勁。

福山最終是扔了牌。福貴看到他是一對三，這時候就想看一看玉強的底牌。

玉強嘿嘿一笑，說道：「福山，我是詐雞的，你怎麼不跟一手啊，呵呵，我就三張散牌，最大的一張是梅花十，呵呵，你要跟一手，這五百塊就是你的了。」

福山一看到玉強把手裏的三張牌翻過來，三張牌都是不同花色，十最大，不禁惱得使勁拍了一下大腿，惱道：「哎喲……」

不過惱歸惱，輸了就是輸了，惱的只是沒有贏到玉強的五百塊，輸倒是沒輸什麼錢，只輸了二十塊錢。

玉強是故意激怒福山的，這樣他下一把就會更加衝動，要是自己再裝作詐雞的樣子，福山就會上大當。

不過，下一把牌中，關林設好的盒子中，關林自己拿的才是最大的牌，這是他們兩個商量好的，爲了不引起別人的注意，他洗牌做局的時候，就發給玉強最大的牌，玉強洗牌做局的話，就發給關林大牌，這樣別人輸了錢也不會懷疑到上一局最後贏錢洗牌發牌的那個人。

福貴這時候完全明白了，看著玉強把關林做好盒子的牌拿起來洗，但牌從中間分開後，洗動的只是右手中那一點，最後又合到了一起。

這動作極快，外人看起來，如果不是福貴這樣了解內情的人，根本就注意不到，看到的只是玉強在很快洗牌。

然後發牌時，在他上家的人切牌，福貴也看得清楚，玉強把上面的一小疊牌與下面的牌錯開了一丁點位置，上家的關林切牌的時候，直接就從那個地方抬走了上面的牌。

福貴盯著玉強發牌的時候，並沒讓玉強和關林感覺到很明顯，只是不經意暗中注意而已，儘量不引起他的懷疑。

周宣自然是運起了異能探測著，關林設下的局中，玉強從下面發的那三張牌是三條A，是發給關林的，而洗好的牌盒子中，福山的是三條八，福寶的是三個六，福貴的則是三個K，老江的是金花，周宣的是三四五同花順，玉強自己則是一副爛牌。

周宣心中直冷笑，這玉強和關林心真黑，一把牌就想把福貴他們打死。

拿到這樣的一手牌，又是才剛剛開局的第二把牌，不由得不瘋狂啊，能拿到三條的天牌，就算有老婆在場，那也得扔到牌局中押上去。

周宣異能運起，把玉強牌面上的A轉化吞噬了一張，然後再把第三張牌背面的暗記弄亂了一點點，外表看起來就像A的暗記。其他人的底牌，周宣則沒有動。

發完牌後，由下家的福寶發話，首家必暗注，福寶呵呵笑著扔了五十塊錢進去，說道：

「發大財了，賭博也豪氣一點，最後誰贏算誰有運氣，我把注碼直接加大。」

這樣的話，後面如果繼續暗注，那也得五十，但如果看牌了，明牌跟注的話，就得一百塊。

再下面的就是周宣了，周宣想也不想就抽了兩百塊錢放進去，笑道：

「那好，加注就加注，我放兩百，到頂了，你們都跟吧，熱烈一點。」

周宣的舉動把福山，福寶，老江三個人搞得直發愣。玉強和關林兩個人卻是好笑，周宣這是無形中幫了他們的忙啊，這一起步就把價碼搞得這麼大，後面一提牌看後，手裏又個個都是大牌，哪有不跟注的？

在場的人當中，只有福貴明白，這是他跟周宣約定好的暗號，只要周宣暗注，他就放心跟注，而他也從底牌背面看到了自己的牌面，是三條K，對面的玉強和關林的牌背面太遠，看不清楚，但想來，兩個人當中肯定有一個是三條A，狗日的，對準的就是他啊。

福貴看周宣面上不動聲色，只得也跟了兩百塊，說道：「助興就助興，兩百跟了。」

雖然跟了，但福貴心裏還是有些疑惑，從頭到尾，關林在洗牌做盒子的時候，可沒見到周宣伸手摸牌啊，他是怎麼動手腳的？

懷疑歸懷疑，但周宣沒有另外給他遞暗號遞眼色什麼的，想必他有把握，所以福貴也只能挺著頭皮跟下去。

福貴的下手是福寶，他的牌因為是在福貴的旁邊，所以看得清楚，記號上是三個六，福貴心裏直哼哼，這關林和玉強太毒了，是想一局就把他們幾個人全部套牢啊，搞不好就是一局把所有錢輸乾淨了，然後再借他們兩個的債務來賭，以前就是這樣的。

福寶本來是想跟暗注的，但起始就高到了兩百，底牌又百分之九十以上是垃圾牌，所以嘆息了一聲，把底牌拿起來看了。不過，當眼光投到底牌上時，他的手顫了一下，然後趕緊鎮定了一下，接著再仔細看起來。

他拿牌的手哆嗦了起來。手上的底牌牌面是三條六，福寶確定底牌是三個六後，臉色也變了，臉上飛紅，忍不住地喘著氣，哆嗦著數了五百塊放進去，問道：

「是……是……五百吧？」

關林笑呵呵地道：「是是，是啊，暗二跟五，前面暗注兩百，明牌就是跟五百塊，沒錯。」

福貴心裏直嘆，福寶這樣的動作已經昏了頭了，別說這是關林和玉強設好的局，就是真拿了這樣的好牌，那也贏不到錢，就衝他這副表情，誰不知道他拿了一手好牌？但凡牌差一點的，誰都不會跟了。

看到福寶這樣的動作，老江在他後面自然是不會再暗注的，而且他也不是那樣的性格，無論前面怎麼跟，他都是會看牌的。

提了牌一看，老江怔了怔，想都沒想到，竟然拿到了一手紅桃AQ十的大金花！手裏有這麼大的牌，而且還是第二局，牌局才剛剛開始，這牌自然得跟了，不過這一跟就是五百塊啊。

老江的手同樣也有些哆嗦，五百塊數了好幾遍才數清楚。

關林笑笑道：「看來老江和福寶都是好牌啊，我替你們審一下，再暗注兩百，看還有誰不看牌暗注的。」

關林笑呵呵跟了兩百暗注，在他後面的玉強卻提牌說道：「我沒你們那個膽量，老江和福寶都看牌了，這牌不得不看啊。」

看了一眼，玉強又喃喃咒罵了一聲，隨即把牌扔了，這個動作表情要在以前，福貴一點都不懷疑，現在卻知道，他跟關林始終都是在演戲而已。

福山也不敢暗注了，在玉強扔了牌後提了牌一看，結果他的表情跟福寶沒有兩樣，他的底牌是三個八，如何能不激動？自然是手忙腳亂的數了五百塊放進場子中。

周宣知道自己是同花順，但不能做得太過，也提了牌看了看，然後跟福寶福山一樣的表情，數了五百塊放進去。

周宣是裝的，福貴是清楚的，他從牌的背面知道，自己的底牌是三條K，而在暗地裏，周宣又伸手指輕輕頂了頂他的腰間，這是讓他繼續暗注下去的信號。

福貴猶豫了一下，有一半是裝的，另一半卻是擔心，擔心是怕周宣沒有十分地把握，自己這一賭下去，輸得可不是一丁半點的錢，至少是幾萬起跳啊。

接下來，福寶毫不猶豫又扔了五百塊進去，轉圈後的第二次下注，福寶就鎮定許多了，自信的扔了五百塊進去，沒有剛才那種哆嗦顫抖了。

當然，剛剛那並不是害怕，而是拿到了這麼大的底牌後激動的，又因爲牌場上還有那麼多人大注跟進，如何不激動？

福寶跟了注，老江這是第二圈了，他可不想再跟了，數了一千塊就要看福寶的牌，因爲兩個人是挨在一起的，福寶也沒有特別要老江注意，別讓其他人看到牌。

老江哆嗦著把福寶的牌拿起來，看到第一張是一個八，第二張挪開了些，還是一張八，心裏就緊張起來。

能五百五百的跟進，而且還不看前面跟注人的底牌，那顯然不可能只是一對八了，而這副牌要再強大的話，就只能是三條八了。

老江又緊張又惱怒，看來自己這一把多半是碰到了鐵板，心裏就有這個預感，定了定神，然後把最後一張挪開一看，果然還是一張八。

老江「啪」的一下，把福寶的牌蓋在福寶面前，嘴裏嘀咕著把自己的牌插進廢牌堆中，惱怒不已，這麼大的一手牌，還是死了。同時損失的還有一千五百塊錢，老江看著場中花花綠綠的鈔票眼紅得很，但看來，這一局的錢，九成九都歸福寶了，這傢伙運氣真好。

關林則是不動聲色的又放了兩百塊錢，笑笑一攤手，示意福山說話，福山是三個六，自然是不肯起牌看其他人的牌，直接又數錢放進去。

周宣笑了笑，數了一千塊要看福山的牌，福山伸手道：

「把你的牌給我，我看你的牌。」

周宣也不跟他計較，淡淡一笑，把自己的底牌遞了給他，福山拿到眼前偷偷地看了看，然後嘿嘿一笑，說道：

「小胡兄弟啊，不好意思，你的比我的牌剛好小一點點。」

說完，把周宣的底牌蓋起來放到周宣面前，他雖然大，但這不是最後的對決，所以還得把周宣的牌蓋好放在一邊，要是扔到了廢牌堆裏，最後他要硬說他的牌比自己的大，那就會扯皮了。

周宣笑了笑，無所謂的樣子，結局早在他的預料之中。

福貴卻不再疑神疑鬼，直接放錢進去，卻始終不開牌，一直暗注。

福寶三個八，當然也不會開牌，五百五百的放錢，福貴和關林兩個人也都是兩百兩百的暗注，四個人就這樣拼下去。

一直拼了十來手，福貴和關林兩個人各自投進了近三千，而福寶和福山兩個人卻是扔進去了近八千，場子中幾乎有兩萬五千之多。

看到都不開牌，似乎有一種死拼到底的勁頭。福山首先挨不住了，自己是三條六，雖然有把握，但畢竟扔進去的可是錢，是現金，不是紙啊，看到自己面前的一萬三現金也去了一大半，到底有些擔心，所以遲疑了一下，還是決定看福寶的牌了。

因為在場的人當中，只有福寶跟他是明牌，福貴和關林是暗注，暗注的牌是不可能贏得了他三條六的，他擔心的只有福寶的明牌，跟這麼大注，而且還不起別人的牌，再加上老江也死在了他手中，不禁有些擔心。

福山數了一千塊，說道：「二哥，我看你的牌。」

福寶排行老二，跟福山、福貴都是隔房的堂兄弟，所以稱呼他為二哥。

福寶也有些緊張，場子裏是幾萬塊錢，如何不緊張啊。

「福山，是你要開我的牌的，把牌給我看。」福寶伸了手過去說道，福山頓時是更加緊張起來，福寶這個表情，顯然是說他的牌面很大。

福山只得緊張地把自己的底牌合在一起，然後遞給了福寶，福寶看到福山忍不住要看牌了，就估計他的牌可能是金花，又或者是同花順吧，總之不會很大，但把牌拿到眼前偷偷一看的時候，不禁怔了怔。

三條六！

福寶嚇得冷汗都出來了，這個底牌牌面剛好只比他小一點點，福山這個牌面，絕不算小，難怪他不情不願的樣子。

好在自己還是贏了他。福寶抹了抹額頭的汗，然後把底牌還給了福山，喘了口氣才說道：「福山，你的大！」說完後，才發覺自己說錯了，趕緊又說道：「不對不對，是我的小……不對不對，還是不對……」

福山也搞糊塗了，惱道：「到底是你的大還是我的大？」

福寶脹紅了臉說道：「是是是……是我的大！」

「搞錯沒有？」福山有些不相信，福寶的樣子有些糊塗，搞錯了也不奇怪，說著把手一伸，說道：「把你的底牌給我，我自己看！」

福寶紅著臉把自己的底牌遞了給他，福山氣惱惱地拿到眼前看了，卻是張圓了嘴合不攏來。

如果說福寶的牌比他大得多，那也罷了，卻偏偏只大了那麼一點點，心裏就有些難受。

接下來就只剩三家了。福寶，福貴，關林，三個人互不相讓，福寶是明牌，另兩個是暗注，自己又是三個八的天牌，如何會害怕？就算他們兩個再暗到明年，他也會不開牌地跟下去。

而關林心中是以爲他是三條A，對方是三條K和三條八，怎麼賭他都不擔心，盒子也是他安排做下的，自然不擔心。而福貴雖然擔心，但更多的是對周宣的信任，不過跟到現在，他面前的現金也剩下不多了，本來上船就只帶有一萬五左右，跟了九千了，手裏的錢也有些底氣不足了。

周宣笑了笑，然後把自己面前兩萬塊整數的現金推到福貴面前，說道：

「福貴哥，我看你臉上紅光燦爛，運氣肯定好，我加兩萬注可不可以？」

福貴想也不想便接了過來，沉聲道：「加注不行，算你借給我的，不過，我贏了可以給你補點利息。」

福貴說這話，當然是爲了不引人注意，這一切都是靠他贏過來的，補點利息算什麼？就算是周宣要全部的現金，他也不在乎，至少周宣幫他點醒了關林和玉強兩個人一直都在設局弄圈套，讓他們上當。

關林面前現金有三萬的樣子，下了注一萬五左右，剩下一萬五左右，而玉強的錢大約也有三萬左右，這兩個人是商量好了的。賭場上錢多能吸引人，光看錢，兩個人加起來就是六萬多，擺在面前也是很誘人的。

福貴拿了周宣的兩萬，加上自己剩餘的，差不多就是三萬，比關林的一萬五多了一倍。

關林瞧了瞧福貴，見他這個樣子是準備拼到底，牌是他自己發的，當然有信心有底了，嘿嘿一笑，這個場面，正合他的意。

他對玉強一笑，玉強心中明白，也笑呵呵地道：

「既然小胡也想在旁邊玩一下，那不如我也玩一下，大家信誰的底牌好就可以加誰的注，怎麼樣？」

說著，玉強把自己面前的三萬推到關林的面前，說道：「三萬，我也加一注，可以吧？」

福貴是關林的對家，在場只要他和關林兩個人不說反對的話，那就沒問題。

福貴眼見周宣鎮定得很，莫名其妙地也感到鎮定，心也慢慢沉穩下來，這時候洞曉先機，也有一種把握全局的感覺，這種感覺當然是來源於更鎮定的周宣，周宣給福貴的感覺實在是太強了。

雖然才短短幾天，但福貴就是覺得周宣有一種不同於常人的氣質。不說別的，就是全船上每人十幾萬的獎金，那可都是周宣帶來的。這種景象，以往又何曾有過？

到福貴和關林兩個人都有足夠的現金擺在面前，福寶心裏便有些慌了，兩家暗注，就剩他一家是明牌，雖然對自己的底牌把握是百分百，但要是福貴和關林都不看牌，又有明牌不能看暗注底牌的規矩，那就只有一條路了，只能拼現金。

可是現在，他已經跟下去那麼多了，手中又只有五六千塊錢了，再跟也跟不了多少，所以就有些心慌了。

福寶當即說道：「你們有別人的加注，我當然也可以要了，福山，老江，你們加不加？」

老江是知道福寶的底牌，當即喜道：「行行行，我加，加一萬。」

因為福寶的牌是明牌，也不怕福山看，福山轉過來，偷偷看了一下他的底牌，當即把自己的兩萬塊也拿了過來，說道：

「行，我也加兩萬。」

福寶又說道：「你們加注是可以，不過我也要在前面說清楚啊，因爲我是明牌，你們也知道，他們下五百，我就得跟一千，所以等一下即使贏錢了，你們下一萬的，就只能拿五千的盈利，下兩萬的，就只能拿一萬，行不行？」

福山和老江都笑呵呵地道：「行行行，怎麼不行，輸贏都不會怪誰，贏了是運氣好，輸了也不能怪你。」

福寶見他們兩個這樣說，當即點了點頭，然後又問福貴：「你反對不反對？」

「我不反對，只要你們自己願意，加多少都行，反正是玩嘛，要玩就大家一齊玩個痛快。」福貴毫不在意地回答著。

關林得到了玉強的三萬現金，手上就有四萬五了，而自己面前只有三萬，比他還少了一萬五。

福貴朝福山幾個人道：「你們誰願意加注?拿一萬五來吧，加多少如果贏了的話，就拿一倍的現金走。」

不過，福山幾個人相互望了望，都不大想加注，福山沉吟著道：

「福貴，你把底牌給我看一下，我再決定加不加注。」

福山本來已經加注到福寶身上了，對他的底牌又深信不疑，自然是不想再加到別人的注上。

「不行，要就加，要就不加，反正賭的是一個運氣。」

福貴一口回絕了，因為把底牌一拿起來給他們看再決定加不加，搞不好就出漏子了。要是關林輸了不認賬，把牌轉來轉去，說不定就給誰動了手腳，最好還是讓底牌在面前不動的好。

這牌是關林發出來的，自己可是動都沒有去動一下，他們想賴，是賴不掉的。

福山幾個人想，要麼看了底牌再決定，要按照他們的想法，寧願加注到關林手中，也不情願加注到福貴手中，因為他們更信任關林。平時，關林和玉強所表現出來的賭牌場面的氣勢要強得多，長期以來也是他和玉強在贏錢，無形中給福山等人的心理壓力也要大很多。

福貴淡淡一笑，也不理會，本是想讓福山他們幾個跟著贏一點，但他們對自己沒信心，這也沒得說，換了他自己，以前他也是一樣的想法，寧可把寶押在關林或者玉強身上，也不會押到自己身上。

不過，面前總是差了一萬五的現金，要賭就得跟關林一樣多的錢，想了想，福貴就對老江說道：「老江，借我一萬五，贏了馬上還，輸了回去給你。」

因為這一次發了十萬的獎金，肯定是有錢的，老江也不擔心。要是以前，這麼大一筆錢他肯定是不敢輕易借出去的，但現在好像對金錢有些麻木了，似乎給弄成了一種錯覺，現在的他們，只要一出海，鐵定就有幾萬塊的獎金，無所謂，一萬來塊還沒有一次出海得到的獎金多。

「行，借就借。」老江當即數了一萬五給福貴，場面頓時更加火熱起來。以前他們玩牌，從來沒有見過這麼多的現金，擺在中間給他們的感覺就像一堆小山一般。

現在，最後三個對手面前，關林有四萬五的現金，福貴有四萬五的現金，而福寶只有三萬五左右，而且他又是明牌，要跟到底的話，未免有些痛苦，必須得翻倍的現金才能支撐，而且場子中不只是一個對手，還有兩個對手，按規則，他又不能看暗注的底牌，所以就只能強跟下去，要到後面沒錢了，就是他吃虧了。

福寶在跟了一千塊的注後，眉頭皺了起來。看來關林和福貴好像是槓上了，互不相讓，明明有他這個明牌對家還在跟注，他們都不提牌，是不是嫌錢太多了？

他們幾個人中，除了周宣和福貴明白以外，關林和玉強則是自以爲明白，剩下的人都以爲福寶的明牌最大，也在福寶那兒加了注，只等著贏錢。

關林看了一眼爲難的福寶，眼珠子一轉，當即說道：

「福寶，我看你明牌跟下去也爲難，不如這樣吧，我跟你打個商量，你有多少錢，全部押上，我跟你單賭，你贏了，就跟福貴再抗下去，我贏了就歸我，怎麼樣？」

福寶正爲難著，一聽關林的話當即大喜，說道：

「好好好，我這有三萬五，你再拿三萬五出來，你再看看你的牌，誰贏誰拿錢。」

關林笑了笑，先是數了三萬五推出來，然後又說道：

「我拿了三萬出來，你贏了的話，我的錢放進賭桌中，你輸了的話，你的錢放進賭桌中，還有，我的底牌我看了後，先不能給你看，你的底牌給我看，怎麼樣？這就是我的要求。」

福寶怔了怔，雖然覺得有些不公平，但想想也認了，關林是怕自己看了他的底牌露出表情來吧，有些擔心也正常。再說，如果不是他這樣幫自己，他只要和福貴一直暗注下去，自己的錢就得被套死，錢完了就死了，在賭局中，講的是錢不是面子。

「好，你看就你看。」福寶點了點頭。

關林把自己的底牌合到一齊，然後拿起來在眼前晃了一下，隨即又緊緊蓋到原來的位置，實際上，他根本就沒看底牌，眼光一掃處，最下面那張黑桃A看得一清二楚。

周宣本來還擔心這傢伙看了自己的底牌後，知道是一對A就慘了，無論他怎麼惱怒，那一對A的底牌事實也改變不了，而他面前的那幾萬塊錢就贏不到了，給他留了火種，但關林卻大意的佯裝看了底牌，這當真是天作孽猶可活，自作孽不可活了。

第六十八章

願賭服輸

福貴當即發怒了起來，惱道：
「牌是你發的，牌也是你洗的，從頭到尾我連牌都沒挨到過，
你說我出千？以前你贏我們的錢，我屁都沒放一個，
輸了就輸了，願賭服輸，你現在是要耍賴是不是？」

關林笑嘻嘻地把福寶遞過來的底牌拿到面前看了看，當然也知道他的底牌是三條八，不過這副牌，他還是仔細地看了看，然後笑著把底牌放進了廢牌中，笑道：

「底牌還不錯，但就是比我的小了一點。」

關林的舉動，頓時把福寶和福山老江三個人都嚇了一跳。福寶甚至急忙把他的底牌從廢牌中拿了出來，急道：「關林，你看錯沒有？我的底牌是什麼，你可看清楚了？」

關林道：「當然看清了，放心吧，如果錯了，那也是我負全責，這個規矩，你我都懂。」

關林這樣一說，福寶和福山、老江三個人當即心如死灰。關林確實不大可能會出錯，以往又沒少玩，這一下輸的錢太多，實在有些不敢相信，心裏也是冰冰涼的。

關林嘿嘿直笑，不理會他們幾個，然後對福貴說道：

「福貴，現在你面前有四萬五，我的面前也有四萬五，幾百幾百放下去跟一下子放下去也沒區別，關鍵在於你我是不是會跟那麼多。我說呢，不如就全下去，也不用分誰看誰的底牌了，錢全部放進去就開牌，誰贏誰拿錢，怎麼樣？」

福貴一咬牙，說道：「好，拼就拼了，這底牌我沒看，可你看了，我只下一半的錢，怎麼樣？你同意就比了，不同意我也不起牌，跟你拼到底，我覺得你就是個詐雞牌，我是死也不起的。」

聽了福貴的話，關林眉頭一皺，福貴的底牌是三條K，他當然知道，有這樣的牌，誰也不會起牌，但福貴這一會兒腦袋也不糊塗了，竟然抓住他已經看過牌的漏子，這樣的話，四萬五就會還剩下兩萬二千多，給他留了一個火種。

不過反過頭來想一想，也罷，要是這一把他輸了，他們五個人，除了福貴還有兩萬多，其他人可是一分都沒有了，這氣勢也賭得沒了，只要福貴再賭下去，那兩萬五必然也會輸掉。

腦子裏念頭急轉，關林當即說道：

「好，就依你的，我把全部錢投進去，你出一半，翻牌吧。」

福貴鼻尖上都滲出了汗珠，緊張了起來，不過還是努力鎮定著，想了想又道：

「這底牌反正我也沒看，乾脆你幫我翻開吧，要活就活，要死就死，痛快點。」

關林呵呵笑著，「行，我就幫你開牌吧。」說著，伸手把福貴的牌翻了過來。

一翻過牌來，福寶福山老江三個人都是「哦」的一聲驚呼。

「三條K！」

福山、老江兩個人頓時懊悔不已。剛剛福貴明明是叫他們加注的，可自己幾個人不幹，非要加到福寶的牌面上，這一下可真是輸了，就算沒輸在關林的牌面上，但輸給福貴卻是肯定的，這個最終的命運擺脫不了了。

關林嘿嘿一笑，說道：「三條K啊，福貴你真行啊，暗注暗到這麼大的牌面那就是天牌了，我如果拿不到三條A，那就死定了，不過我想來也是死定了，三條A多難拿啊。」

聽著關林假惺惺地說著這樣的話，福貴心裏越發的緊張，雖然對周宣確實信任，但到了這個地步，不緊張是不可能的。

而福貴也肯定關林和玉強是出千的，只有知道自己贏定了的人，才會這麼不動於色，從從容容的。牌中間的現金可是接近二十萬了，這麼大一筆錢，就他們這些人，沒有一個還能鎮定的。

關林嘿嘿笑著把自己面前的底牌翻過來，三張牌疊在一起，最上一張就是黑桃A。

「真是A了。」

福寶、福山、老江幾個人都驚呼了一聲，底牌中真出了一張A了，還真有看頭。

關林不動聲色地又輕輕用手指頭挪動著第一張A，故作緊張地說道：

「下面是什麼牌呢？」

黑桃A挪開了一點，下面露出紅色來，尖尖的頭，又是一張A，紅桃A。

「又出A了，又出A了！」

這一下，連福貴也心懸了起來，一雙拳頭捏得緊緊的，一動也不敢動，一雙眼緊緊盯著關林的底牌，關鍵的最後一張牌。

因為又出了一張A，福寶、福山、老江幾個人反而覺得有可能會出三條A了，雖然機率很小，但場子中的錢太多，不由得他們不這樣想。

關林嘿嘿笑著，再度伸手指把紅桃A慢慢挪開，下面的牌露出來後，尖頭倒是尖的，但下面卻不是，是張梅花四。

「哦……」

福寶、福山、老江三個人嘆息了一聲，最終還是輸了，不過身子一震，然後又大叫起來：

「關林，不對不對，你一對A怎麼把我們三條八丟了？這這這……」

福山和老江也叫了起來。這一局，說到底他們是輸了，但也有話說，因為是關林把他們的牌丟了，而關林的底牌只是一對A，就算最終會輸給福貴的三條K，卻不會輸給關林，現在要爭吵的話，他們也有理由。

關林卻如一尊雕像般傻了。腦子裏昏昏一片，明明是三條A，怎麼會只有一對A了？最近是不是手法退步了？上一次也是這樣的情況，回去後，自己還特意練習了幾天，卻偏偏還是出錯了。

呆了半晌後，關林忽然指著福貴叫道：

「你……你出千！」

「我出你老母！」福貴一聽到關林叫嚷，氣不打一處來，這時候他心裏知道周宣才是最厲害的人，關林和玉強是遇到對手了，自己不用擔心害怕，這兩個傢伙，欺騙了他們好幾年，現在連本帶利還回來是天意。

福貴當即發怒了起來，惱道：「牌是你發的，牌也是你洗的，從頭到尾我連牌都沒挨到過，你說我出千？以前你贏我們的錢，我屁都沒放一個，不管多少，輸了就輸了，願賭服輸，你現在是要耍賴是不是？」

關林呆了呆，然後又看了看玉強。玉強也不幫他，這個場面大家都看得明白，就是想賴人家也賴不上。

玉強心裏想的是，這肯定是關林自己的手法出錯了，現在自己還是趕快撇個一乾二淨吧，就算自己輸了三萬，關林跟老江他們幾個人單賭的三萬五，自己可就不認賬了，讓關林一個人去扛，就算他一個人輸了七萬塊吧。唉，這一跤，可摔得夠嗆了。

福貴不管三七二十一，一股腦子地把錢撈到自己面前，幾乎所有人的錢都在裏面。福貴把自己的衣服脫下來，把所有錢都堆在衣服上，然後用衣袖捲起捆了起來，笑呵呵地拉著周宣說道：

「小胡兄弟，大家都沒錢了，今天的賭局到此爲止，呵呵，咱們到房裏分錢去。」

說著，他把周宣拉著走出了船艙，留下福寶他們五個人在身後爭吵不休。

管他們的，反正怎麼也吵不到自己頭上來。福貴心裏樂開了花，本來是想福寶、福山、老江也都跟著發發財的，但他們不押自己的注，那也沒辦法，而在現場中又不能說出來，一說關林和玉強就會反應過來，他們兩個一明白，這錢也就贏不到了。

不過，現在這樣也好，他們三個人跟關林要回三萬五，那也輸不了多少，每個人只輸幾千塊而已，當是得到個教訓，大頭總算是撈了回來。

福貴在房間裏笑呵呵地把錢分成兩半，瞧起來大致上差不多，然後把一半推給周宣，說道：「小胡兄弟，你可別跟我說這說那的，要說，就不把我當兄弟了。啥也別說，一人一半。」

周宣笑了笑，說道：「那好，就依你的，我也啥都不說了，這錢我收下。」

周宣一邊跟福貴說著笑，一邊又運著異能探測著艙裏的情況。福寶那五個人正吵成了一團，關林一開始不認賬，福寶和福山老江都要撲上去揍他，玉強在一旁也不敢幫忙，他自己知道理屈，所以默不作聲。

關林挨了幾拳，馬上就軟了，哪怕他是玉二叔大哥的女婿，但規矩是規矩，要不依，那把以前贏他們的錢都還回來，他肯不肯？

「我還我還，不過……」關林挨了幾下揍，又痛又慌地說道：「我還，但我現在沒錢，要還也得回去後再還吧？」

老江是管賬的，不怕他不還，直接從工資裏扣下來就行，想了想說道：

「回去還沒問題，但你得寫欠條，現在就寫。」

關林無可奈何，福寶趕緊找了紙和筆來，寫下了三萬五千塊錢的欠條，欠條按著老江說的寫，是借的錢，而不是賭債。

周宣心裏暗暗好笑，這些也沒必要再跟福貴交談，然後對福貴又說道：

「福貴哥，以後就沒必要再跟他們兩個賭了，不是我說，這次是我看穿了他們伎倆，以後說不定你們還會上他們什麼當，所以以後就不要玩了，辛苦賺來的錢，送給他們太不值得了。」

福貴嘆了口氣，點點頭道：「自然是不會再跟他們賭了，從今天起，我下決心，以後不再賭了，天外有天，人上有人啊，關林和玉強我都玩不過，更何況還有你這麼個我根本就摸不到半點頭緒的高手，要再玩，肯定是有多少就輸多少啊，打死我也不會玩了！」

這一點福貴倒是看得很明白，關林和玉強的手法，他都沒辦法看出來，如果不是周宣指點，他又哪裡能知道？

這會兒他更加佩服周宣了，這個小夥子一到船上後，就給他們帶來了巨大的財富，在賭局中，福貴還特別注意他，因爲怕他失手，所以一直盯著周宣，但周宣跟他一樣，從頭到尾都沒碰過牌，最後的結果卻是按著他想的出現。毫無疑問，周宣暗中已經做了手腳，他沒能發現，那只是他的級別不夠高而已。

周宣淡淡笑著，然後說道：「福貴哥，休息吧，錢也贏回來了，好好休息，養好精神好打魚。」

接下來的時間倒是安靜了，大家各自回房，福寶幾個人都是氣憤不已，而關林和玉強也是又惱又怒，但又沒辦法，而且還不敢說出來，這牌也是他們搞的千牌，要是給發覺了，只怕又會引起更大的亂子，暫時只得忍了。

這一趟，周宣一直沒探測到海水中有魚群，所以玉二叔也就往更遠處的深海行去，從早上十點到天黑，差不多十個小時，周宣還是沒有收到魚群的信號。

沒有得到魚群的消息，玉二叔只得繼續往前。

到晚上十點的時候，玉二叔實在撐不住了，然後把關林叫了過去，讓他接著開船，自己得回房間睡一覺再說。

周宣這一次到船上帶了一本書，就是爲了防止睡不著覺。晚上吃了點東西後，他躺在床上一邊看書，一邊用異能探測著海水下面。

看書確實能讓周宣很快睡著，但睡著覺，異能也就對探測魚群沒有用了。以前沒看書睡不著，一直是在半夢半醒之間，所以一探測到魚群時就會醒過來，但現在他整個人都在沉睡狀態中，就半點也沒有感覺了。

玉二叔也睡得很死。

關林開著船。此刻，這傢伙已經沒有了平時的冷靜，輸了錢，還欠了三萬五的債務，如何能平靜下來？又因爲玩牌過後睡不著，在房間裏臉熱心燙的，一直回想著自己輸錢的經過和事實，直到玉二叔叫他起床開船，腦子裏其實已經疲勞無比，坐在駕駛臺前開了兩個多小時後，竟然就打起瞌睡來。

關林從凌晨兩點開始打瞌睡，一直到天濛濛亮的時候，才昏沉沉地醒過來。無意中看了一下船上的儀表盤，不禁大吃了一驚！

儀表盤上的座標顯示，船進入了太平洋較深的地帶，已經不再是東海的區域，也不屬於國內海域，而是進入了公海中。

關林抹著冷汗，呆怔了一會兒，趕緊通知玉二叔。

「二叔……出……出大麻煩了，我們到……到公海了。」

關林吞吞吐吐地用對講機說著，緊張地觀察起四周的海域情況，這不僅僅是遠離國內海域的問題，在茫茫大海上，沒有了自己國家海軍防護的海域，不知道會碰上什麼，比如海盜、別國的軍艦等，反正都很麻煩。

玉二叔急急地起床到駕駛艙裡檢查了一遍，不禁勃然大怒，罵道：

「你是怎麼開船的？這……偏離航線到了外海整整四百海里的區域了，你……你……氣死我了！」

關林不敢答話，開船出海，最忌諱的就是偏離航線，到達一些從未到過的外海區域。

玉二叔一邊惱著，一邊又趕緊把船調頭往回開。

剛剛關林把廣播打開了，所以其他人也都驚醒過來，都起床到甲板上。

周宣也有些搖頭，自己昨晚顯然睡昏了，根本就沒有探測到魚群的事，白白浪費了一個晚上。

在東海的範圍以內，海洋裏最深的地方也只有百來米，都在周宣的異能探測範圍以內，但現在的地方，無論他探測哪個方向，海水的深度都超過了兩百米以上，探測不到底。

東海應該沒有這麼深的地方吧？當然，除了某些個別的海溝地帶，絕大部分的海水深度都只在一百米上下，而這一帶不可能是海溝，因爲海溝不可能是大面積的，漁船在全速往回開，幾分鐘便是幾海里，但探測到的結果卻都一樣，探測不到海底。

海水的深度太深，魚群也不好探測，周宣儘量把異能運到最大限度探測著，好歹還是要打幾網魚，只是也不要太便宜了玉長河這個老傢伙。

天大亮了，七點半鐘。

周宣探測到一小股魚群，區域不大，只有十來米，前後像一條長帶子。現在，魚群在海水下四十米左右的深度中，正由東往南的方向游過。

周宣當即把對講機取出來調好頻道，趕緊對玉二叔說道：

「二叔，趕緊減速，把方向偏右二十米。」

玉金山一聽知道周宣有發現了，趕緊把船速減慢下來，又把船舵往右靠了二十米，周宣用異能探測著，到了位置就把網撒了出去。

撒網的時候，玉金山已經把船完全停了下來，漁網沉下到三百米深的位置，周宣便把收網電閘推上去，絞盤機嘎吱嘎吱地響著絞動起來。

十幾分鐘後，網收了上來，網裏的魚沒有前兩次出海打得多，大約只有一萬多斤左右，不過魚要大一些，以前打的海魚都是三四斤大的，這一次全都是六七斤左右的。

玉二叔再也不讓關林獨自掌舵，吩咐他到甲板上幹活。關林不情不願地到了甲板上，福寶等六個人，包括周宣，都在忙碌著裝魚，花了一個小時左右才把魚裝完，總共裝了一百七十四筐。看來比兩萬斤魚還略差一點，不過也算是不錯的收穫了。

把魚裝完，網收好，玉二叔開始把船速調高往回開。

再次全速啓程後，大約開了五六分鐘。周宣幾個人忽然在甲板上見到船左前方，有一艘貨輪正對著自己這邊的方向開過來。

幾個人都在猜測著，因爲距離大約幾海里，看得不是很清楚。

老江看了幾眼後，面色一變，趕緊叫道：

「大家小心，儘量矮下身子，躲在能擋得住射擊的地方，我……我到駕駛艙去。」

說完，急急地往駕駛艙跑過去。

周宣的異能探測不到這麼遠，不知道是什麼情況。

老江跑到駕駛艙對玉二叔急道：「金山哥，前面有貨輪，不知道是什麼來路，船上沒有明顯的標誌。」

玉金山沉著臉，沉吟著道：「我知道，已經發現到了，他們……是直接對我們過來的。」

海上航線中，貨船對貨船，遠遠地便會鳴笛警告，船也會隔遠點錯開，除非是熟識的船才會開近一些，大家打個招呼。

這艘貨輪船身上沒有明顯的標誌，一般的貨輪都會有自己國家的標誌，像玉二叔這艘船上，杆上便掛著國旗，而直直開過來的貨輪顯然很不對勁。

玉二叔一邊注意著這艘貨輪，然後把船錯開方向全速開走，但接下來，那艘貨輪卻是轉了個彎，仍然追著漁船。

玉二叔和老江頓時臉色大變，這就不對勁了，錯開了方向，但對方還緊緊追來，那就有問題了。現在玉金山發愁的是，對方那艘貨輪馬力遠比漁船強勁。

雙方的距離越來越近，到了兩三百米的距離後，對方的船上便響起了高音喇叭傳過來的聲音。不過喇叭裏面說的話，玉金山船上的人沒有一個能聽懂，聽起來也不像是英語，倒有點像歐洲某些國家的語言。

玉金山也不管那麼多，仍然把船開到最大的馬力。

只是那貨輪追到一百五十米遠近時，船上就有人拿著槍劈哩啪啦開了十來槍。

關林、玉強、福貴等人都驚慌失措起來，紛紛在船上慌亂地躲藏起來，對方有槍，他們是赤手空拳的漁船漁民，根本無力反抗，只能逃竄。

要槍沒槍，船又不夠對方的馬力大，顯然連逃都極其吃力。

接著，對方又開了一炮。這一炮落在了漁船左側十米處，炮彈炸起的海水濺了漁船一大片，漁船也使勁搖晃了起來。玉強、關林、福寶、福山幾個人都嚇得叫了起來，他們哪有見過這種陣仗？

對方貨輪的喇叭又響了起來，雖然聽不懂，但想也想得到，對方是要他們停船。周宣趕緊彎腰竄到駕駛艙中，對玉金山道：

「玉二叔，得趕緊把船停下來。」

玉金山也有些慌亂，說道：「可是停下來也太危險了，對方看樣子不是善類，恐怕是海盜，落在他們手裏更危險啊。」

「可是現在要硬逃才更加危險，他們手中有炮，要是把我們的船打壞了，可就必死無疑，停下來等他們靠近後，說不定我們還有機會制服他們，再逃生。」

周宣沉沉地說著，他心裏自然是有把握的，但如果不停下來仍然逃竄的話，因爲距離超過了他異能控制的範圍，對對方束手無策，而對方的炮對他們反是最大的威脅，要是子彈槍炮對付過來，周宣異能再厲害，那也沒辦法。

以前周宣曾經用異能轉化吞噬過一次狙擊子彈，但被那股衝擊力搞到重傷，現在的異能雖然更加強勁了，但要對付子彈，還是沒有辦法的。子彈速度太快，就算可以轉化吞噬，最多也只能吞噬幾顆而已，而且肯定會受傷，而阻擋炮彈，就更不可能了。

玉金山十分著急，但對方的貨輪追得更緊了，又是一發炮彈射到船前面十米處，海水濺了駕駛艙玻璃上面全是水。

玉二叔臉色大變，周宣又勸道：「二叔，好漢不吃眼前虧，現在不能硬抗，跑不過他們，還是停下來吧。」

玉金山也無他法，只得把船速減下來，直到完全停止住。

那貨輪離到十來米時，船上站出了十幾個人，個個端著槍，大部分都是半自動步槍，其中兩個人還端著槍，朝著天上「噠噠噠」地又掃射了幾梭子。顯然是在恐嚇漁船上的人，其實不用他們恐嚇，漁船上的人早都趴在船上，動都不敢動了。

周宣等到船靠近了，異能探測的距離夠了，這才探測到對方的貨輪上，人員大約有五六十個，不過他們漁船上來的有十個人，樣子都很兇狠精悍。

這些人跟電影電視上見到的義大利等地方的人很相像，臉型粗獷，身材也高大。應該不是海盜，因為周宣還探測到對方的貨輪尾後，還有一艘小型潛艇跟著，海盜們可沒有這玩意。

周宣又探測到，那十個持槍的人到了他們船上後，當即兩人一組，有兩組一左一右從船艙逼進去，而另外六個人則持槍把福貴他們五個人押到甲板上跪著。

駕駛艙裏是周宣、玉二叔、老江三個人，四名凶徒挨個房間的搜索過去，都是空的，直到駕駛艙。

周宣為了保險，早運起異能把船上十個凶徒的槍膛裏的子彈廢掉了，如果要跟他們鬥的話，至少不會手忙腳亂，等一下再找機會把對方船上的武器全部解決掉，才保險。

四名凶徒持著槍闖進駕駛艙裏，然後給了玉金山一槍托，因為看得出來，玉金山是這條船上的頭。

嘰裏咕嚕地說了一陣，沒人能聽得懂，周宣指了指自己的嘴和耳朵，示意聽不懂。那幾個人當即用槍指了指艙外邊，又說了幾句，雖然聽不懂，但也猜得到，這是要他們出去到甲板上。

周宣扶著玉二叔往外走，老江緊緊跟著，顯得很是驚慌。

周宣對這船上的十個人並不擔心，一邊走，一邊用異能探測著對方的船，對方船上的武器顯然不少，周宣對武器並不懂，但在電影上見過，船上有火箭筒，這東西殺傷力比槍要大得多了，而且數量有五個之多。

周宣正要運異能把這些火箭筒的炮彈轉化廢掉，忽然探測到一個高瘦白淨的東方人從船板上走到漁船上來。

兩艘船中間搭著一條梯板，而且波浪起伏，船板上並不平穩，但那個東方人卻走得很穩。

周宣眼睛瞇了瞇，這個人歲數只有三十左右，顯然是練過武的，從氣場探測來看，這個人還很厲害，甚至超過了傅盈和魏曉雨的程度。

周宣更奇怪的是，這個東方人背上背著的背包中有一幅地圖，而這幅地圖他覺得很眼熟，可一時又記不起來在哪裡見過。

本想一下子把對方的船廢掉，同時把武器廢掉，這樣就可以安然脫逃了，任憑這些凶徒自生自滅，但見到這個東方人背包裏的那幅地圖後，周宣立刻改變了想法。

周宣努力地回想了一陣，突然驚悟過來，這是去年從那個賭徒張思年的那個筆筒裏得到的那幅藏寶圖！

那幅藏寶圖的地域範圍就是在大海中！不過因爲年代久遠，事情又多，所以自那之後，他也就沒有再注意，不想現在，居然在茫茫大海中見到了同樣的藏寶圖。

看到這艘船上的人也擁有這幅地圖，周宣十分驚訝。

但這個人的這幅藏寶圖，絕不是周宣之前得到的那一幅，雖然畫面一樣，但紙質並不一樣，而且這幅地圖製作的時間是在兩百年前，今天卻是在一個外國人的手中出現，周宣覺得事情有些不對勁。

爲了弄清情況，周宣就沒有在這個時候動手。既然已經解決了對方的武器裝備，那就沒有那麼可怕了，等一等，看這些人到底是什麼來路，想幹什麼再說。

第六十九章

魔鬼海域

「這個畫圈的地方，是東海以東太平洋的深海地帶，
屬於狹溝地帶，海深高達一千多米，
甚至更深，有太平洋中的魔鬼海域之稱，
自古以來，在那一帶沉沒的船隻不計其數，
不知道這圖上說的是不是那個地方？」

那個東方人走到漁船上，看了一眼給圍在中間跪著的福貴等幾個人，又瞧了瞧被押出來的周宣、玉二叔、老江三個人，微微笑了笑，然後說道：

「各位，很抱歉，因為我們有需要，所以想徵用一下你們的船隻。」

這個人說的是很標準的中國話，但字句中還是能聽得出有些許的生硬，周宣知道，這個相貌是東方人的男子，絕不是在國內長大的，或許是華裔吧，也或許根本就是東南亞其他國家的人，只是學習過中文而已。

玉金山是船長，此時也不得不出頭說道：

「請問你們究竟是什麼人？我們是中國漁船，不涉及任何國際關係，請你們給我們放行。」

「我們是什麼人？」那男子笑道，「這個問題很難回答，不過，你們可以稱呼我為M先生，事實上，我們只是需要一條船幫一下忙，等我們的事情完成後，就會放你們離開。為了你們的安全，我奉勸你們，一要順從，二要保持沉默，這是對你們好。」

對方人多勢眾，個個持槍，而且兇神惡煞的，不順從不沉默，還能怎麼樣？加上幾個船員更是沒經歷過這種陣仗，個個都顫抖著不敢說話。

玉金山很艱難地才又問道：

「你們要我們做什麼事？我們只是漁船。」

在玉二叔想來，他們這只是一艘漁船，如果對方要他們運送走私貨物或者販毒什麼的，那就得仔細考慮了，搞不好會被別的國家的緝毒緝私警察逮到。

M先生淡淡一笑，又說道：

「你們也不用亂猜，要你們怎麼做就怎麼做。」說著，他把背包取下來，從裏面拿出了一張紙，打開鋪在甲板上，說道：

「你們……過來看一下，畫圈的位置是哪個海域？」

他指的是玉金山和老江兩個人，看得出來，這船上就他們兩個年紀大一些，玉金山又是船長，想必經驗和見識要比其他人要強得多，所以叫他們兩個人上前看圖。

這是一幅用墨水筆描出來的海域圖，其中一個地方畫了一個圓圈，想必那裏是一個重點。

玉金山打了幾十年的魚，對東海的區域熟得很，稍遠一些的邊海區域也瞭解不少，一看到這幅圖，他就知道是哪裡，當即說道：

「這個畫圈的地方，是東海以東太平洋的深海地帶，那一帶海域屬於狹溝地帶，海深高達一千多米，甚至更深，有太平洋中的魔鬼海域之稱，自古以來，在那一帶沉沒的船隻不計其數，不知道你們這圖上說的是不是那個地方？」

M先生一怔，隨即呵呵笑道：

「你還真知道這個地方，那好，請……呵呵，你是船長吧，就請船長先生到我們的那艘船上先歇著，先到達這個地方再說。」

說完，他又說了幾句聽不懂的話，那些持槍的外國人就留下了四個在船上，剩下的隨著M先生，押著玉金山一起回到了貨輪上。

等到他們回到貨輪後，對方船上的人就把橋梯收回去了，然後開船。

留在漁船上的持槍者中，爲首的那個人把對講機拿出來，調好了頻率，然後跟船上人說了幾句話，又遞給了老江。

老江顫抖著手接過來，顫聲說道：「我……我又不會……不會說……說你們的鳥語……要要……要我說什麼啊？」

說出來後，又發覺自己說的話並不禮貌，有些害怕地瞧了瞧那名持槍的漢子，好在那四個人都聽不到他說什麼，只是持槍監視著他們，並沒有表露出異常來。

老江想問，但也不知道怎麼開口，好在對講機裏這時候傳來了那個M先生的聲音：

「你們那邊誰是駕駛船隻的副手？讓他去開船！只要你們聽指揮，我保證你們沒事。」

關林是玉二叔之外的另一個開船的人，所以不用說就輪到他了。那爲首的凶徒槍口一歪，嘰裏咕嚕地說了一聲，關林臉色煞白地趕緊起身說道：

「我……我去開船。」

那為首的漢子槍口一擺，派了一個人跟著關林，兩個人進了駕駛艙。

周宣慢慢坐到甲板上，那三名凶徒與他們的距離隔開了些，有三四米的遠近，如果對方突然反抗，在這個距離下，也不可能一下子制服他們三個人，所以並不擔心。

周宣當然不是不敢反抗，他是忽然對這個M先生產生了好奇感，這個藏寶圖的事，讓他記起了自己從張思年那兒得到的圖，這圖上究竟有些什麼東西呢？

對方的貨輪已經開始起航往東，周宣的異能早探測著對方的船上，M先生讓玉金山給他指點地形方向，然後指派駕船的人往那個方向開過去。

玉金山一個人在對方船上，自然很是心驚，忍不住又說道：

「你們還是放了我吧，我和我的船員都只是一群普通打魚的人，別的什麼也不懂，又無錢無權的，你們……」

他猶豫了一陣又說道：「就算你們要綁架，那你們就開個價吧，只要不過分，我們能付得出的，就儘量給一點吧。」

那M先生笑道：「嘿嘿，船長先生，實話跟你說吧，我既不會綁架你們，也不會事後槍殺你們，但我也可以明白地告訴你，我們這一船的人都是雇傭來的部隊，他們有的人是退伍軍人，有的是殺手，反正都是經驗豐富的狠手，我這樣告訴你，那是對你們明說，也是對你們好，只要你們好好地聽從我的安排，事後我會放你們走，而且還會給你們報酬。」

玉金山臉色煞白，愁眉苦臉地道：「我們不要報酬，只要你們放我們走就可以了。」

「嘿嘿，」M先生笑了笑，然後又說道，「我們是來打撈一艘沉船的，只要船打撈起來了，我可以保證給你們一兩件那艘沉船上的古董。這古董的價值是無法估計的，用你們的話說，就是無價之寶！所以，你們也不用愁眉苦臉的，這比你們這艘船打一年兩年的魚收入都還要高！所以，你們不必敵視我們，這些傭兵雖然個個心狠手辣，卻不會幹沒有報酬的事。放心吧，你們能值的錢遠不如我給他們的報酬。」

玉二叔這才放心了些，但說不害怕是不可能的，而且也不可能完全相信這個人說的話，但眼前也只有按照他說的辦了，人在砧板上，不得不閉眼啊。

「希望我們能合作愉快，船長先生，再次認識一下，爲了方便稱呼，就叫我毛峰吧。」M先生又笑笑著向玉金山伸手說著。

玉金山只得又跟他握了握手，說道：「我叫玉金山。」

想必毛峰這個名字是假的，玉金山覺得他不可能對自己說出真名實姓的。

毛峰似乎知道玉金山的意思，當即笑笑道：「玉先生，名字嘛，只是一個稱呼，一個代號而已，我不是中國人，但以前我學過中文，所以給自己取了一個中文名字，就叫毛峰。」

原來是這樣，那跟假名有什麼區別？就跟國內那些學生給自己取個洋名一樣，不登記不記錄，就自己樂一樂，有誰會知道？

毛峰又說道：「玉先生，金山這個名字好啊，又有氣勢又富態，金山金山，金子堆成的山，呵呵呵。」

玉金山也只得呵呵地乾笑了一聲，哪還有心思跟他開玩笑。

周宣在漁船上探測到這些，考慮著要不要就此把他們所有人制服，然後把貨輪毀掉，把玉二叔救回來，但又想看毛峰到底想要找到什麼寶藏，難道就真的只是找一艘沉船，取得船上的古董？

也許是這樣，但如果只是找尋沉船上的古董，周宣也就沒有興趣再跟過去，錢物對他已經產生不了任何的吸引力，頂多是爲了探寶的那一份刺激罷了。

在那邊船上，毛峰對玉金山道：「玉船長，好好休息一下，我的駕駛員會按著你指定的方向前進，到了地點會再叫你。」

毛峰嘿嘿笑著，走出了關押玉金山的房間。門外有兩名持槍漢子守著，毛峰出去後，那兩個人就把門拉攏鎖上。

毛峰回到自己的房間中，周宣探測到，他的房間還算大，因爲他的船要比自己這邊的漁船大得多了，總共有三層艙。毛峰回到房間後，把門關上，然後從一個箱子裏取出一個盒子來，又打開盒子，從盒子裏又取出一張圖來。

這張圖就不是地圖了，而是一柄短刀的圖形，很奇怪的短刀圖。

這柄刀的樣子無比奇異，刃部跟刀柄都差不多的長短，刀刃部呈小刀狀，兩邊都開了鋒刃，手柄處有二指寬，越上面越小，長度在圖上看起來大約只有二十多釐米，三十釐米不到，手柄上也是彎曲形的，兩邊都有像是可以用手指握住的圓形彎度手柄。

整把刀從上到下都仿如是一個整體，中間沒有接連的地方，而刃上和手柄上還有很多奇怪的花紋。

周宣在探測這個圖時，腦子裏忽然有一種很奇怪的感覺，也說不清楚是什麼，就是想看到這柄刀，無比吸引著他。

就在這個時候，有些猶豫不決的周宣忽然下了決心，準備跟下去。

反正這時候，毛峰船上的所有人已經對他們構成不了威脅了，不如趁此機會跟著看一下，毛峰究竟是要從藏寶地點中打撈些什麼，這柄奇怪的刀圖又跟這個藏寶地有什麼關係呢？

關林開著船全速地跟著貨輪，漁船沒有貨輪的馬力大，貨輪在毛峰的吩咐下，駕駛員已經把速度調到與漁船一樣的速度，沿著玉金山指定的地域前行。

大約到了下午一點半，兩艘船按著漁船全速的速度開了八小時。之後，貨輪停了下來，關林也趕緊把船停了下來，毛峰在跟玉金山商談著。

關林從對講機中得知，玉金山發現目標地點錯了，所以趕緊讓船停了下來，如果任由前進地點錯下去，他們也不會放過自己和漁船，暫時還不如聽毛峰的。

不過玉金山也搞不清楚，毛峰他們要打撈沉船，那得靠有工具的打撈船，還得有很先進的深海測定儀器，他們這艘漁船能有什麼用？

或許他們的這艘貨輪有先進的設備，但漁船上肯定沒有，除了漁網，幾套潛水設備也僅僅能支持人潛到幾十米的深度，不可能是要他們船員個個都下水去給他們潛水打撈吧？就算願意，也沒人能潛到那麼深啊。

玉金山懷疑著，但他自然不清楚，貨輪後面還跟著一艘小型潛艇，不過，這一切都瞞不過周宣。

如果周宣要在這個時候對毛峰他們動手，可以說毛峰等人是沒有反抗之力的，但周宣的心思已經完全被那張神秘的怪刀圖吸引住了。

毫無疑問，從他探測毛峰的情況來看，這個毛峰也是很神秘的，時時刻刻都在盯著那幅怪刀圖，關注的程度已經超過了對那幅藏寶圖的注意。由此，周宣可以肯定，毛峰要去的藏寶圖區域，肯定與這柄怪刀有關係。

前行的方向在玉金山再次確認後又開始了，兩艘船一前一後的行進。到了晚上十二點時，漁船上的凶徒端著槍，又把老江和玉強也趕到了駕駛艙，讓他們一邊學著開船，一邊替換關林，因爲開的時間太久，關林已經忍不住打起盹來。

周宣等人又都給趕到了艙中，在外邊，夜晚太冷，趕到船艙中關在一起。那幾個凶徒索性把艙門關起來鎖上，然後在門外面睡覺，周宣看到福貴幾個人都是又怕又睏，乾脆睡著了。

周宣一邊探測著毛峰和玉金山的情況，他得保證玉二叔不會出什麼危險，但從目前看來，玉二叔應是沒有危險，而且那邊船上所有武器的彈藥都被他廢掉了，起不了作用。

現在要做的就是等待了，等待到達目的地，就知道毛峰等人要幹什麼了。

到了早上九點左右，終於到了要到的海域地點，茫茫大海，一望無際。

兩艘船都停了下來，幾名凶徒把周宣等所有人都趕到了甲板上，另外一艘船上，毛峰和玉金山等人也都到了船頭。

毛峰讓他的手下立即開始用聲吶等設備探測海底的地形情況，這裏的海底深達九百多米，在右前方四五海里以外的區域，海底下是呈東西方向的一條大海溝，從這裏還探測不到海溝的深度。

把海底的地形弄了個大概明白的情況，毛峰這才把他那張真正的藏寶圖取出來，然後讓玉金山研究探看。

玉金山看了了一陣，然後皺著眉頭說道：

「從這張圖上來看，圓圈地點只是一個大概的位置，並沒有一定，而且這個圖是古手法，跟現在的海圖不一樣，精確度並不高。」

玉金山說的話，毛峰確實是相信了，因為他得到的這個圖就是老輩傳下來的，已經有兩百年的歷史了，這個不假，之前他的祖輩也來尋找過，可都無功而返。

當然，這也跟儀器設備不先進有關，這一帶的海底深度深達一千多米，而海溝中還要更深，打撈的事，又不是說幹就能幹成的。

以前從電視上或者書上看到的打撈沉船，都是隊伍龐大，打撈船都得好幾艘，還有先進的儀器探測船，要花費的人力物力可是天文數字，所以一般幹打撈的，除了超級富豪外，就是屬於國家單位了，一般人是沒那個能力的。

而周宣奇怪的是，毛峰的船上雖然有些先進的探測儀器，但卻沒有打撈沉船的重型設備，這可不像是來打撈的。不過毛峰還有一艘潛艇，這倒是能說明他不是一般人，至少是有金錢基礎的。

隨後，毛峰又命令駕駛員把船開到海溝的正面，又探測了一下深度，在海溝的正面上，水深度超過了一千五百米，延伸到遠方和海溝，水深度更深。

不過，聲吶等探測設備雖然能探測到深度，但卻探測不到海底裏有沒有沉船或者其他東西，某些設備雖然可以探測到金屬和瓷器木器等不同的反應，但一般的沉船在超過了幾十或者幾百年以上，都沉澱了許多的泥塵和藻類物質，這是會影響到儀器的探測的。所以，儘管目前世界上已經充斥著無數先進的探測設備，但卻一直都探測不到古往今來的沉船。

毛峰在探測到海溝的深度後，又拿了一個小型的奇怪儀器，打開開關後，幾顆燈亮了，似乎是探測著什麼，有點像探測電波之類的儀器。

不過，毛峰臉上並沒有喜色，倒是有些皺眉，顯然是沒有得到他想要的信號。

然後，毛峰又拿著通訊器說了一通，這一通話有可能是對潛艇上說的，雖然聽不懂，但周宣異能探測到，潛艇裏的人也同時跟毛峰應了聲，然後開動潛艇往水下潛去。

這個小型潛艇很小，空間裏只能容納三個人，潛艇有機械手，是專用的潛水器具。

在潛下一百多米後，周宣便探測不到潛艇了，不過，卻是聽得到潛艇裏跟毛峰的彙報通話。

潛艇潛到了近一千米才接近了海底，因爲是狹溝，所以潛艇的操作得極爲小心，狹溝深長，有的地方很窄，有的地方稍寬，寬的地方超過數百米，窄的地方只有十來米，潛艇要是一個操作不好，便會碰上岩壁。

潛艇裏也配備了毛峰剛剛用來探測的那個小型儀器，潛艇一邊緩緩潛行，一邊用儀器探測著，在狹溝裏潛行了數里，但都沒有反應。

周宣聽著潛艇裏的人對毛峰的彙報，因爲聽不懂，所以有些心急，不知道海底下到底是什麼情況，不過急也沒有辦法，異能探測不到那麼深的地方。

想了想，周宣從甲板上站起身，向船艙的方向走過去。

三名看著他們的持槍外國男子當即端槍呵斥起來，周宣毫不理會，其中一個男子當即衝上前就要拿槍柄砸周宣的頭。不過，他的槍柄還沒砸到周宣頭上便「哎呀」叫了一聲，隨即軟倒在地，全身發起抖來。

後面的兩名持槍者趕緊衝上來，蹲下身子問那個男子是怎麼回事，但見他一臉青烏，彷彿掉進冰窟中一樣的表情，連話也說不出來。

那兩人趕緊伸手去扶那個男子，但手一伸到他身上時便縮了縮，不由得大吃一驚。

那個男子身上如有一塊堅冰一般寒冷，難怪他只是顫抖，連話也說不出來，其實不僅僅是說不了話，連動也動不了。

不知道發生了什麼事，那兩個持槍男子大驚之下，都把目光對準了往艙裏走去的周宣，當即大叫大嚷起來，把槍對著他。

周宣聽不懂，但知道那兩個人是在恐嚇他，要他趕緊停步，否則就會開槍。不過周宣卻毫不理會，徑直向自己的艙房裏走去。

那兩個人更不多說，立即扣動扳機開槍，但嗒嗒地撞針撞擊聲響起，卻沒有子彈火花射出，周宣在這個時候已經走進了船艙裏面。

那兩個持槍男子怔了怔，馬上追了進去。這兩個人身高都在一米八以上，比周宣高了半個頭，周宣身體明顯單薄，要打也打得過，再說他們又是兩個人，所以也沒有特別擔心。

周宣進了艙房裏，就在床頭邊把自己藏在被子下的那顆九星珠取了出來，這個東西，他是走到哪裡就帶到哪裡的，雖然玉家安排了五樓的房間讓他住，但九星珠太重要，還有馬樹偷晶體的前車之鑑，所以牢記教訓，回岸上的時候帶回岸上，出海的時候又帶到船上，反正不能離開自己。

把九星珠拿出來揣到衣袋裏後一轉身，周宣看到那兩個持槍外國男子已經衝到門口，因爲門太窄，兩個人身材又高大，並排擠著進不來，只能一前一後地往房裏衝進來。

周宣一伸手，那個在前面的男子只到門邊便栽倒在地，後面的一個同樣栽倒在前一個身上，兩人都是動彈不得。周宣直接踩著他們的背上走出去，那兩個人連叫痛和感覺到痛的能力都沒有。

周宣已經用冰氣異能把這兩個人深度凍倒，冰凍的時間至少是四個小時，而且醒過來後，經絡受損，行動和說話以及思考都受到極大的損傷，可以說是廢人了。

這是周宣恨他們開槍打他，要不是自己有這個能力，那還不死在他們手上了？再說，這些外國人和那個毛峰顯然都不是什麼好人，對他們是說殺就殺，他們又是不明國籍的人，這一類人，治了便治了，沒什麼話好說。

留下他們一條狗命已經算是仁慈了，要是後面那個毛峰和他的手下行爲更兇殘的話，那就不客氣了，連人帶船全弄沉，包括一切逃生設備都幹掉，讓他們沒有一丁點的逃生機會。

周宣把九星珠揣好之後，把那兩個外國人身上的對講機取了下來，駕駛艙裏的關林也不是好東西，就讓他再受那傢伙脅迫一會兒，多擔驚受怕一番吧，也沒必要去同情他。

到了甲板上，福貴等五個人嚇得直發抖，雖然那個持槍的凶徒已經不能動彈地倒在了面前，但他們仍然不敢上前撿槍反抗，因爲船艙裏和駕駛艙裏還有三個，而對方的船上還有更多的人，就算搶得了一支兩支槍也逃不掉，人家的炮彈打過來，船毀掉的同時，人也給炸沒了。

就算人僥倖還活著，船毀了也沒有辦法逃生了，游回去的話，那就真是天方夜譚了。

周宣走出來，在那個倒地的男子身上踢了一腳，然後說道：

「福貴哥，不用怕，這三個人我已經制伏了，沒有反抗之力了。」

第七十章

神秘組織

一想到「屠手」，毛峰忍不住顫抖了一下。
「屠手」是世界上最神秘又最出名的殺手組織。
迄今為止，只要他們接下的任務，還從沒有一次失手的，
如果被他們盯上了，那想脫身就難了。

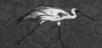

福貴幾個人臉色蒼白，瞧了瞧對面的船上，因爲周宣的動作讓這三個人沒有機會彙報，所以對方船上的人根本就不知道。

福貴趕緊低聲的說道：「小胡兄弟，對方船上有炮彈，我們是逃不掉的，所以還是按他們說的條件辦吧，我們的船要是毀了，那就真是死路一條了。」

周宣當然知道船毀了確實是死路一條，他的異能再厲害，能閉氣在海中待上一整天也是不可能的。以現在的能力，借助皮膚的呼吸，也許可以在水底下待上四到五個小時，但絕不可能真正能像魚一樣在水中無拘無束地游蕩，如果以游的方式，就算一個月，他也游不回岸上。

周宣淡淡道：「別害怕，他們現在還不知道這邊的情況，只要我們自己不洩露就行了。」

福貴怔了怔，然後又小聲問道：

「小胡兄弟，你……你怎麼能打倒他們幾個人？」

周宣笑了笑，又說道：「我從小練過武，師從武當，而且還相當厲害，我學過真正的內家點穴術，一拳可是能碎磚石木板，如果我不解開，他們以後會殘廢。」

周宣對福貴他們幾個故意把自己說得十分厲害。

福貴幾個人確實也相信了，尤其是福貴，本來就覺得他很神秘，再加上周宣幫他弄手腳贏錢的事，看海水識魚群，這每一件事都能說明周宣是個深藏不露的人，但周宣對他好，所以福貴也十分信任他。

一聽到周宣有這樣的能力，那三個人顯然也被周宣制服了，福貴等五個人趕緊彎著腰站起來往船艙裏跑，對面船上的人都沒有發覺。

進到船艙裏後，福貴彎著腰把那個倒在艙門邊的男子拖進去。周宣在他拖的時候也趕緊運起異能，把這個男子的體溫恢復到正常狀態，所以福貴並沒有特別的感覺。

把這個人扔到角落中時，周宣又用冰氣異能把這個人的腦子凍結了，體溫雖然正常，但腦子給凍死了，醒來後就成了一個標準的植物人。

周宣是惡從心頭起，一轉念間，便運了冰氣異能把另外兩個已經制服了的，和駕駛艙裏那個守著關林的男子，都凍傷了腦子。

躺在艙道裏的那兩個早沒了知覺，周宣再治了他們，別人也不知道，只有那個在駕駛艙裏拿槍盯著關林和玉強、老江的男子有明顯的動作。不過，他是坐在椅子上的，腦子一麻，沒感覺後就軟倒靠在椅背上，關林看到了，還以爲他是睡著了。

不過，雖然睡著了，關林三個人也不敢動手，這時候要搶過這個人的槍，雖有很大把握，但關林不敢賭。這個人抓著槍的手握得很緊，要是一下子搶不過來，醒了後一發怒，打死自己也不是不可能的事。爲了安全，還是先忍著，別拿生命冒險。更重要的是，船上還有更多的凶徒，又有大炮，不要輕舉妄動的好。

周宣自然知道關林幾個人的情況，也不讓福貴他們去提醒他們，任由他們在駕駛艙裏害怕發抖。

周宣拿著對講機調開了頻道開關，說了聲：「喂，聽到沒有？」

喳喳的聲音響了一下，然後馬上就傳過來了毛峰的聲音：

「什麼事？你又是哪一個？」

周宣淡淡道：「我叫胡雲，是漁船上的船員，我要跟你談一下，你把船靠近，搭好船梯，我想過你們船上來。」

毛峰顯然怔了一下，這個叫胡雲的人，聲音裏沒有半分害怕的口氣，這可不像被他們控制的人的表現。

但毛峰也只怔了一下，隨即又回答道：「好。」

說完，毛峰便命令駕駛員把船靠近了些，再讓手下把船梯架過來。

周宣關了對講機後，對福貴幾個人說道：

「你們守好船，到駕駛艙裏跟老江他們會合，我到對面船上找機會把玉二叔救出來，回來後咱們就逃走。」

福貴幾個人臉色蒼白，又擔心又害怕：

「小胡兄弟，還是……還是不要過去吧，太……太危險了……」

周宣笑了笑，道：「沒辦法，也只得賭一把，不過你們不用太過擔心，我有把握，等我的消息好了，你們別太輕舉妄動就行了！」

對面肯定是不會有什麼危險的，武器都被自己解除了，要用拳腳和人工刀具來對他動手，那是一點威脅都沒有的，盡在自己的掌控之中。而福貴這幾個人，有了自己的這一番囑咐，自然也是不敢隨便亂行動的。

周宣囑咐了福貴等人後，這才走出船艙，從橋梯上往對面走過去，身後，福貴等人連頭都不敢露出來，躲在船艙裏只是發顫。

毛峰與六七個持槍手下到船邊等候，見周宣面色從容地走到船上，在他面前停了下來，一點也沒有害怕的表情。

「你……」毛峰頓了頓，然後才問道，「想要談什麼？」

周宣嘿嘿一笑，然後說道：「沒什麼，你把玉船長放回去，第二件事，就是我想問一下，你究竟想在這片海域裏尋找什麼？不過我想，嘿嘿，定然不會只是爲了一艘沉船吧？」

毛峰極爲詫異，周宣的語氣太不尋常了，不尋常到他以爲他們兩個所處的位置調換了，怔了怔後才說道：

「我想……你是叫胡雲吧，胡先生，你是不是搞錯了？你有什麼資格來問我的秘密？」

毛峰說著話，眼神裏帶著嘲弄，周宣不僅僅是弄反了他們兩個人的處境，而且還不明白，或許自己只要一句話，就可以把他扔進海裏餵魚吧？

周宣淡淡一笑，兩手一攤，說道：「我不覺得我們倆的處境有什麼不同，你，太過高看自己了吧？」

「神經病，瘋子！」

毛峰終於確定周宣不是個正常人，就算是一個絕頂的高手，在赤手空拳面對七八個持槍漢子時，也不敢稍有亂動，而且自己帶來的這些人，也都是黑白兩道的高手精英，對面這個瘦弱的年輕人就算有通天的本事，在七八條槍口下，也只能服服貼貼的了。

「把他扔進海裏餵魚！」毛峰罵了一聲後，隨即命令手下把這個人扔進海裏去。本來以爲他有什麼特別之處，但現在看來，只是一個心智不全的白癡而已。

周宣嘿嘿一聲冷笑，那七八個人在毛峰下了命令後，只動了一下，隨即就統統呆住了，彷彿是中了定身法一般，無法動彈。

周宣更不多話，用冰氣把這七八個人全部凍結了後，一言不發地攔腰摟著他們，一個一個將他們從船舷處扔了出去。而八個人也絲毫不反抗，任由周宣將他們搬起來扔下海，甚至在他們被從船舷上扔下去的時候，手裏持槍的姿勢都沒有半點改變。

嘩啦嘩啦的響聲中，八個人都被扔進了海，隨即沉下去，再也沒冒出頭。毛峰驚得臉色都變了，趕緊伸手在背後的腰部抽了一把手槍出來，緊緊地對著周宣，又驚又怒的喝道：

「你……你對他們做了什麼？」

周宣伸手一攤，示意道：「我對他們做了什麼，你不是看得清清楚楚的嗎？這也沒有什麼好說的，他們要扔我下海，我也只是讓他們自己試試而已。其實死也沒什麼可怕的，不是嗎？我對人的態度向來就是，別人對我做什麼，我就對別人做什麼。」

毛峰臉色煞白，慌亂地對著周宣連連開槍，可手指無論怎麼扣動扳機，手槍中也沒有子彈射出來。

周宣淡淡道：「我既然敢過來，那就表示你們的一切都盡在我的掌控之中，你就不必再做無謂的抵抗了。我問你，你究竟想在這兒打撈什麼東西？」

毛峰眼中雖然驚意連連，但卻反常地鎮定下來，盯著周宣好一會兒，然後才沉聲問道：

「你……究竟是什麼人？」

這個時候的毛峰絕不會認爲周宣是個普通船員了，搞不好是他們掉進了周宣的陷阱中，否則，哪有那麼巧？在這麼茫茫無際的大海中，怎麼就碰到了他們的漁船？

搞不好他們就是僞裝的，專門來等自己鑽進陷阱的！難道他是哪個國家的特工組織？只有這些組織才有這樣的能力來對付自己吧？又或者，他們是「屠手」的人？

一想到「屠手」，毛峰忍不住顫抖了一下。「屠手」是世界上最神秘又最出名的殺手組織。迄今爲止，只要他們接下的任務，還從沒有一次失手的，如果被他們盯上了，那想脫身就難了。這個恐怖的殺手組織比起某些國家的特工組織更可怕，更神秘。

周宣雖然把一切都控制在自己手中，但卻不知道毛峰心裏想什麼，「屠手」這個名字，他從沒聽過，也就更不可能知道這是個什麼東西了。

「我是什麼人，我不想跟你說，只想跟你說的是，如果你現在不跟我說出你的意圖，我就會毫不猶豫地把你扔進海裏去！」

周宣說著，又用手指點了點毛峰的胸口，毛峰也不是傻子呆子，當然知道閃身，但才有那個念頭時，就覺得周宣的手指中傳來一股冰冷無匹的寒冷氣息，如一把利刀一般鑽進自己身體裏，不由得機靈靈地打了個寒戰。

本來毛峰那些雇傭兵便個個都是兇神惡煞、心狠手辣的人，毛峰卻沒想到，面前這個看起來十分普通的年輕漁民，出手更加兇殘。

從他對付自己的手法來看，真像是某種古代秘傳的點穴手法，尤其是身體中那讓自己凍到僵硬不能動彈的寒極氣息，確實有點奇怪。

也聽說神秘的「屠手」組織中，每一個派出做任務的殺手，身手都是高到無法形容的地步，毛峰此時越想越覺得，周宣就是這個神秘的屠手組織中的殺手，而自己此次來要尋找的東西對殺手組織來說，那更是一件如虎添翼的好東西。

周宣剛剛面不改色地把八個恐怖精英毫不費力的推進了大海中，這份兇殘，更是把見慣了殘忍場面的毛峰驚到毛骨悚然。

身體中隨著周宣手指竄進來的寒冷氣息，凍住了毛峰所有的知覺，但偏偏腦子中還能思想，嘴裏還能說話，一顆頭還能動，脖子以下的部位卻全然好像沒有了一樣。

毛峰臉色煞白，顫聲問道：「你……你要我說什麼？」

周宣冷冰冰毫無感情的眼神直緊盯著他，毛峰又忍不住打了一個寒戰，然後吞吞吐吐地又說道：「我們……我們是來打撈……打撈沉船的，一艘兩百多年前從中國開往歐洲的貨船，上面載滿了中國的古董……」

周宣冰冷的眼神瞧著他，嘴裏沒有再說話。這個毛峰，打撈沉船的事倒確實可以扯得上，也許是真的在找這麼一艘沉船，但最終目的卻不可能只是爲了沉船上面的古董。

最簡單的一個道理，就從目前毛峰船上的所有儀器工具配置來說，探測有餘，打撈卻是遠爲不足，再有，那艘小型潛艇就更能說明，也許他們就只是在尋找一個秘密吧。

想到這些，周宣再度想起毛峰花了大部分時間盯著研究的那張奇怪的小刀圖，或許這個東西才是他們到這裏來的目的。

周宣盯著毛峰，那冷冰又充滿殺氣的眼神讓毛峰無比恐懼。

「沉船？嘿嘿……」周宣又冷冷一笑，說道，「你是在尋找一柄刀吧？」

毛峰禁不住「啊」的一聲驚呼出口，隨即驚疑莫名地瞧著周宣，不知道他是怎麼知道了這件事的，但跟著又有些醒悟，難道這個人真是「屠手」的殺手？否則又怎麼會知道他來這兒是找一柄刀的？

這個秘密可是他家族世代秘傳的，根本就不爲外人所知，若真有人會知道，只怕就只有那個傳說中的屠手組織了吧。

毛峰驚訝之極呆了半晌，然後才顫聲說道：

「你……你怎麼知道的？」

說了這句話，毛峰的表情無疑是承認了周宣說的事實，他來的目的，就是爲了他圖紙上的那柄奇怪的小刀。

周宣略一尋思，當即又冷冷說道：

「給你一個機會，把這柄刀的秘密說出來。我是知道這個秘密的，如果你撒謊，我直接就會將你扔下海去，後果你自己會明白。」

在這茫茫大海中，過往的船隻極少，如果把他扔下海，毫無疑問，他是必死無疑，而且還被周宣點了穴，不用幾分鐘便已經淹死了他，更何談等到救援？

毛峰本身也是一個冷酷無情的狠人，但在周宣面前卻是毫無反抗之力，跟他講狠也沒有用，這個人似乎根本就不在意他是什麼身分來歷，以及殺了他有什麼後果。

現在明確的就是，如果他不老老實實把來這裏的企圖說出來，那麼，眼前這個瘋子絕對會把他扔進大海裏去。

現在，他越發相信這個胡雲就是「屠手」中的頂級殺手，否則可沒有這般神秘莫測而恐怖的身手。他手下雇傭來的二十多個人，可都是相當厲害的人物，就算那些所謂的特種兵在他們面前，也討不了多少好去，但剛剛那八個人，在周宣面前卻是連還手之力都沒有，怎麼被治住的都不知道，竟然當著自己的面，一個接著一個的被眼前這個手無寸鐵的傢伙扔到了大海中，連屍骨都會消失不見……

想到這裏，毛峰機伶地打了個冷顫，然後艱難地張口說道：

「我……我確實……確實是來找那柄刀的，那刀……名字叫做『火隕』。」

「火隕？」周宣在嘴裏輕輕念了一聲，這個名字對他來說，顯然是極爲陌生的，不過他剛剛對毛峰說，他是知道一切底細的，所以表面上不能表露出意外和驚訝，於是只淡淡地盯著他，等他再詳細的說出來。

毛峰吞了一口口水，想動一動身體四肢，但卻沒有辦法挪動一點，便是動一動手指頭也不可能，心裏忽然絕望了，看著周宣冷冰冰的眼神，心裏無比恐懼，只得張口說了出來。

「火隕刀，據說是世界上最凶的兇器之一，到底怎麼個凶法，我也不太清楚，不過聽說得到這柄刀的人，都會發生橫禍而死。火隕刀從發現的時候到最後一次露面，大約只有十幾次吧。最早一次出現是在兩千多年以前，到兩百多年前是最後一次出現，每一次露面都會引發一起大血案。兩百多年前，有一個西歐的商人從中國的民間偶然得到它，然後將它帶回國，但途中乘坐的船在海中失事，火隕刀因此就與那艘船一起沉入太平洋底。」

周宣瞇起了眼睛思索著，毛峰說的話肯定有縮水，說得半明半現的，不過倒還是可信。但是，火隕刀的秘密肯定不止這些，而毛峰知道的也肯定不止這一點，自己要不要再逼他一下，讓他再說出來？

周宣的沉默卻是讓毛峰更加害怕，雖然他是一個狠人，但他所在的地方，不管是哪一道，都會給他背後龐大家族一個面子，所以，從沒有人敢這樣對他，也讓他早已養成了狂妄自大的性格。

而周宣卻根本就不理會他是什麼來歷，就衝他把毛峰的雇傭軍人推下海的動作，那就表明了，他絕不怕毛峰的家族報復。毛峰也是因此才害怕得不得了，也更加以爲他就是「屠手」中的超級殺手。

毛峰舔了舔嘴唇，又喘了幾口氣，然後說道：

「我……我想喝點水再說，可不可以？」

周宣心知這傢伙肯定是想玩詭計，不給他嘗點更厲害的手段，這傢伙不會死心，當即嘿嘿笑道：「好啊，你去吧，喝完水再回來跟我好好說說。」

說完，又盯著毛峰淡淡道：「不過我可是警告你，你要是言而無信想逃跑，那你就是死路一條，沒有二話可說。」

毛峰趕緊直點頭，說道：「不會不會。」

但周宣瞧著他眼珠子轉了轉，這傢伙絕不會是一個說話算話守誠信的人，當即不再理他，轉身瞧著船舷外的大海中。

毛峰正自詫異，不給自己解穴又怎麼走動？但剛這樣想著時，就覺得手腳一暖，似乎有感覺了，不由得一喜，輕輕動了動手腳，還真是能走能動，恢復正常了。

毛峰瞧著周宣的背影，周宣正背對著他，毫不設防，要是此刻把他猛一下推進大海中，那又怎麼樣？

心裏猛地跳動了好幾下，不過最終，毛峰還是不爭氣地軟了下來，這在以前可真從來沒有這樣過的。

周宣雖然背對著他，好像沒有一點防備的意思，但剛剛那神鬼莫測的身手卻讓毛峰莫名的害怕起來，不敢做任何動作，雖然心裏面極想試一下，但還是算了。

鎮定了一下，毛峰輕悄悄溜進了艙房中，趕緊到手下集中的大廳中看看，不過，一進去後就呆了。

大廳中，他的幾十名手下一個個都橫七豎八地倒在地板上，也不知道是中了毒還是被殺了。毛峰心驚肉跳之下，趕緊伸手試了試這些人的呼吸脈搏，這一試卻更是吃了一驚。

這些人個個都呼吸皆無，身子冰冷，顯然已經掛掉了。

這當然是周宣做的，本來他只想把這些人的行動自由解決掉，但後來給毛峰的兇惡氣勢一逼，惡從心頭起，順手便把船上毛峰的手下全部弄死了。雖然只是在異能的無形動力下，但卻是有種無法形容的舒暢。

毛峰其實是想找到手下，伺機反撲，以便重新制服周宣。但周宣這無形的能力讓他驚訝恐懼不已，因爲從周宣他們漁船上過來的，就只有兩個人，一個是周宣，一個是玉金山，玉金山還給控制在裏面的房間中呢。

毛峰帶著恐懼又跑到別的地方，但在整條船上，已經找不到活人了，他的手下們都已經斃命，沒有一個活口！

他趕緊又跑到關押玉金山的房間處，一眼就看到在門口守衛的兩個手下也都倒斃在走道上。毛峰顫抖著手把門打開，玉金山正抱頭坐在椅子上發呆，見到毛峰進去後，趕緊站起身緊張地問道：

「我……我可以回一下漁船嗎？」

毛峰瞧了瞧玉金山害怕的樣子，心裏一動，於是跑到門外，從那倒斃的手下身上搜出一柄匕首來，想要用控制玉金山來挾制周宣。

槍就沒必要了，因爲槍似乎已經沒有作用了，毛峰也不知道周宣是如何辦到的，不過現在想起來，應該他是有另外的幫手偷偷上了船，把自己的手下神不知鬼不覺全部幹掉了。在現在這個時候，槍可能還不如匕首保險，射不出子彈的槍就是廢鐵，匕首再廢，那也能殺死人。

不過，毛峰搜出匕首往房間裏的玉金山跑去時，握匕首的手忽然一下子感覺到了冰冷，霎時間又不能動了。

毛峰一怔，瞧了瞧四周，根本就沒有人，還以爲是剛剛被周宣點了的穴還沒好透，有些後遺症，趕緊用左手接過來，但左手一拿著匕首的時候，在剎那間就不能動彈了。

毛峰呆了起來，匕首滑落到地上時，兩隻手卻又能動彈了。這一下，不禁讓毛峰真正全身冰涼起來。

原來，周宣毫不猶豫地讓他走，就是有把握控制住他，根本就不擔心他逃跑。現在，他其實全在周宣的掌控之中，人家要他生就生，要他死就死。

毛峰呆了半晌，肯定了周宣的身分，覺得他就是「屠手」中的超級殺手了，也只有傳說中的「屠手」人物，才有這樣神鬼莫測的能力。

玉二叔見到毛峰驚驚慌慌一副緊張的樣子，沒有半點一開始見到的那種冷酷冷靜，倒是有些奇怪了，但又不敢問他，生怕把他惹火了對自己不利。

毛峰這時候已經確定了，他雖然沒在周宣的視線範圍內，但卻在他神秘莫測的能力控制之下，不知道他是怎麼辦到的。但現在的確是這樣，只要他有一丁點的意外舉動，那種可怕又恐怖的冰冷感覺就會又來到他身上，讓他不能動彈。這一切，應該都是周宣的操控了。

毛峰呆了一陣，瞧著玉金山也在發愣，當即苦笑著說道：

「玉船長，對不起，失禮了，我想請你到外面見一個人。」

玉金山見到毛峰忽然畢恭畢敬起來，心下更是慌張。在牢中，一般給你好吃好喝時，就是你的死期到了。毛峰對他忽然好起來，這樣的態度，這樣的表情，反讓玉金山害怕起來。

「你……你……別殺我，我……我……」玉金山雖然一直還算是沉著，但現在忽然感覺自己要被斬頭處死了，害怕的心思一下子就湧上來了，不能自抑。

毛峰卻是愁眉苦臉的表情，攤開手道：

「玉船長，我怎麼會殺你呢，我要請你去見的是你們船上的船員，叫胡雲的那個。」

「胡雲？」玉金山一怔，然後趕緊問道：「爲什麼要我見他？」

玉金山還以爲毛峰等人把周宣也弄了過來當人質了，搞不好最後還是要贖金吧，一直也沒弄懂毛峰究竟是什麼來歷。

毛峰伸手指了指外面的方向，低聲道：「玉船長，請吧。」說著，又向玉金山再低低地道：「玉船長，請您在胡雲胡先生面前美言幾句，我的確是沒有要傷害您和您船上船員的意思。」

玉金山呆了呆，毛峰這低聲幾乎是哀求的表情，讓他的確是不能想像，這些人在公海上無法無天、肆無忌憚，有四五十個手下，個個持槍，船上還有大炮；而自己船上只有七個手無寸鐵的漁民……

這毛峰是怎麼回事？竟然對他像對待祖宗一樣，這怎麼可能？不過，玉金山也無他法可施，只能硬著頭皮聽毛峰的，不管這個毛峰是在演戲還是怎麼的，自己都沒辦法跟他對抗。

走出房間，玉金山在走道中見到兩個看守的人持槍倒在地上，沒有半分動靜，也不知道到底是出了什麼事，心下裏更是驚慌。

毛峰在玉金山後面跟著，本想試著從另外的方向開溜，船尾有一具橡皮艇，逃到橡皮艇上再跟潛艇聯繫上，逃走也不是不可以。

不過，毛峰只要往其他方向一邁腿，腿上便會立即傳來冰凍的感覺，只要再邁多一步，立即便會滾倒在地不能動彈。毛峰又驚又怕，只得無可奈何地跟著玉金山往船板上走去。

請續看《淘寶黃金手II》卷五 價值連城

【附錄】

兩岸主要古玩市場．市集地址

台灣古玩市場．市集地址

台北市建國假日玉市：北市仁愛路、濟南路及建國南路高架橋下

台北市光華假日玉市：新生北路與八德路口

台北市三普古董商場：台北市新生南路一段十四號

台北市大都會珠寶古董商場：台北市中山區松江路二九一號B1

新竹市東門市場：新竹市東區中正路一〇六號

台中市立文化中心周遭：英才路、美村路、林森路、公益路、金山路和民生路等地段

台中市第五期重劃區：大隆路、精明一街、精明二街、東興路和大業路等地段

彰化：彰鹿路

高雄市：廣州街、廈門街、七賢三街、中正路、大豐路等

大陸古玩市場．市集地址

北京古玩城：北京市朝陽區東三環南路廿一號
北京潘家園舊貨市場：北京市朝陽區華威里十八號
上海國際收藏品市場：上海市江西中路四五七號
天津古物市場：天津市南開區東馬路水閣大街三十號
天津古玩城：天津市南開區古文化街
重慶市綜合類收藏品市場：重慶市渝中區較場口八二號
廣東省深圳市古玩城：廣東省深圳市樂園路十三號
廣東省深圳華之萃古玩世界：廣東省深圳市紅嶺路荔景大廈
江蘇省南京夫子廟市場：江蘇省南京市夫子廟東市
江蘇省南京金陵收藏品市場：江蘇省南京市清涼山公園
浙江省杭州市民間收藏品交易市場：浙江省杭州市湖墅南路
浙江省紹興市古玩市場：浙江省紹興市紹興府河街四一號
福建省白鷺洲古玩城：福建省廈門市湖濱中路
福建省泉州市塗門街古玩市場：福建省泉州市狀元街、文化街及鐘樓附近
河南省洛陽市西工古玩市場：河南省洛陽市洛陽中州路
河南省洛陽市潞澤文物古玩市場：河南省洛陽市九都東路一三三號

湖北省武昌市古玩城：湖北省武昌市東湖中南路
四川省成都市文物古玩市場：四川省成都市青華路三六號
遼寧省大連市古玩城：遼寧省大連市港灣街一號
遼寧省瀋陽市古玩城：遼寧省瀋陽市瀋陽故宮附近
黑龍江省哈爾濱市馬家街古玩市場：黑龍江省哈爾濱市南崗區馬家街西頭
吉林省長春市吉發古玩城：吉林省長春市清明街七四號
山東省青島市古玩市場：山東省青島市昌樂路
河北省石家莊市古玩城：河北省石家莊市西大街一號
山西省平遙古物市場：山西省平遙縣明清街
山西省太原南宮收藏品市場：山西省太原市迎澤路
陝西省西安市古玩城：陝西省西安市朱雀大街中段二號
安徽省合肥市城隍廟古玩城：安徽省合肥市城隍廟
甘肅省蘭州古玩城：甘肅省蘭州市白塔山公園
雲南省昆明市古玩城：雲南省昆明市桃園街一一九號
江西省南昌市滕王閣古玩市場：江西省南昌市滕王閣
貴州省貴陽市花鳥古玩市場：貴州省貴陽市陽明路
湖南省長沙市博物館古玩一條街：湖南省長沙市清水塘路

淘寶黃金手II 卷四 百年神秘

作者：羅曉
出版者：風雲時代出版股份有限公司
出版所：風雲時代出版股份有限公司
地址：105台北市民生東路五段178號7樓之3
風雲書網：http://www.eastbooks.com.tw
官方部落格：http://eastbooks.pixnet.net/blog
Facebook：http://www.facebook.com/h7560949
信箱：h7560949@ms15.hinet.net
郵撥帳號：12043291
服務專線：(02)27560949
傳真專線：(02)27653799
執行主編：朱墨菲
美術編輯：許惠芳

法律顧問：永然法律事務所 李永然律師
北辰著作權事務所 蕭雄淋律師

版權授權：蔡雷平
初版日期：2013年9月
初版二刷：2013年9月20日
ISBN：978-986-146-993-5

總 經 銷：成信文化事業股份有限公司
地 址：新北市新店區中正路四維巷二弄2號4樓
電 話：(02)2219-2080

行政院新聞局局版台業字第3595號 營利事業統一編號22759935

定價：280元 特價：199元

國家圖書館出版品預行編目資料

淘寶黃金手II ／ 羅曉著. -- 初版-- 臺北市：風雲時代，
2013.07 -- 冊；公分

ISBN 978-986-146-993-5（第4冊；平裝）

857.7 102010303